내가 사랑한 계절들

내가 사랑한 계절들

가을에서 여름까지,
한낮의 소란에서 해질녘의 바람까지

박정은

옐로브릭

차례

머리말

거리에 나서서 문득 마주친 가로수와 그 위로 가득 펼쳐
진 하늘을 보면, 아직 다 헤아리지 못한 계절이 눈에 들어
옵니다. 어느 집 앞마당에 어지러이 흩어진 장난감들, 누
군가 이사를 가면서 "필요하면 가져가세요"라고 붙여 놓
은 가재도구들이 저녁 햇살을 받아 반짝이는 때면, 우리
나그네의 삶들이 다정하게 손을 내밀며 인사합니다. 페
인트칠이 다 벗겨진 어느 집 앞에 놓인 지팡이와 그 곁에
길게 누운 그림자는 외로운 노년에 깃든 평화로움을 보
여 줍니다.

코로나 바이러스로 온 세계가 고통받는 지금도 계
절은 흐릅니다. 그렇게 바람처럼 우리 곁을 흐르는 계
절은, 우리 삶은 불확실성 위에 서 있고 시간 속의 어떤

것도 영원할 수 없다는 진실을 이야기해 줍니다. 제가 살고 있는 캘리포니아에도 신규 확진자 수치가 하루에 수백 명을 기록하고, 가난한 사람들의 삶은 더욱 고달파졌습니다. 많은 사람이 직장을 잃었고, 지구는 더워지고 있으며, 이 푸른 행성에 살던 많은 생명체들이 사라져 버렸고, 곳곳에서 자연재해가 일어나고 있습니다. 사람들은 종말이 온 것 아닐까 이야기합니다. 아닌 게 아니라 우리는 누구나 매 순간 죽음을 향하여 가고 있으니, 실제로 종말을 살고 있는 셈입니다.

하지만 인류가 살아온 역사 가운데 고통이 없는 시대가 과연 있었는지 가만히 생각해 보면, 그렇지 않은 것 같습니다. 고통은 인간의 실존적인 조건입니다. 그리스도교 신앙은 인간의 이런 적나라한 조건인 고통 속으로 걸어오신 신을 경배합니다. 그리고 인간의 고통 속에 거하는 신의 그림자를 따라가는 신앙인의 삶은 시간 속의 순례일 수밖에 없습니다.

순례하는 나그네가 되어 마주하는 사람들 안에 계신 하느님을 뵙는 이 여정은 계절을 돌고 돌아 계속됩니다. 세상이 너무도 아름다운 저에게, 모두 훌훌 버리고 광야로 떠나는 그런 거룩한 모습은 없습니다. 제가 더 좋아하는 관상의 삶은, 도시의 일상 한가운데 흐르는 계절을 만나는 일입니다. 어느 초저녁, 아름다운 건물 옆에 드러누운 걸인을 그저 잘 모르는 친구로 바라볼 수 있도록 더욱 눈을 깨끗이 해야겠다고 결심하는 순간, 내가 앉은 나무 의자의 틈새 사이로 불쑥 생쥐 한 마리가 얼굴을 내밉니다. 내 외마디 비명에 생쥐가 잽싸게 사라지고 나서야, 실은 생쥐가 나보다 훨씬 더 놀랐을 거란 생각에 미안한 마음이 듭니다. 생쥐를 있는 그대로 보기 위해서 또 얼마나 숱하게 귀와 눈을 씻어내야 할까 생각합니다.

이 책에 실린 묵상들은 제가 살아가는 일상의 자리에 멈추어 서서 만난 자연과 사람들에 대해 〈가톨릭 뉴스 지금여기〉라는 인터넷 신문에 한 달에 한 번씩 기고한 글들입니다. 2018년부터 시작했으니, 꼬박 2년 동안 한 셈입니다. 이 계절들에 대한 송가는 가을과 함께 시작됩니다. 제게 가을은 학기가 시작되는 때이고, 서늘해지는 햇빛 아래 말라 가는 짚단 냄새를 그리워하는 계절입니다. 가을이 깊어 갈 때면 그리움과 감사, 산

자와 죽은 자의 통교, 돌아갈 본향 등을 생각하는 호사를 누립니다.

저의 겨울은 대림절로 시작합니다. 이미 다가온, 그러나 아직 완성되지 않은 하늘나라를 꿈꾸는 일은 결국 매일 기다림의 시간을 최대한으로 연장하는 일입니다. 나이가 들어 가면서 이 기다림이 외로움으로 다가올 때도 있지만, 이천 년 전 말씀이 사람이 되신 그 밤이야말로 가난한 이들의 더없이 외로운 밤이었으리란 생각에, 들판에서 별을 보았던 늙은 목동처럼 실존적인 외로움을 받아 안습니다. 제 마음에서 가장 빛나는 성탄은 베들레헴에서 맞은 성탄인데, 한여름의 날씨에 성탄의 설렘을 느낄 수 있었던 놀라운 경험이었습니다. 일 년 내내 성탄절인 그 조그만 팔레스타인 마을의 교회는, 우리의 일상이 언제나 성탄이어도 좋다는 주일학교 선생님의 친절한 말씀처럼 느껴집니다.

어색한 새해의 이름이 익숙해지려 할 때면 봄이 옵니다. 저녁 산책을 하다 꽃향기를 만날 무렵이면 부활이 오는데, 이때 제 영혼은 꽤 수다스러워집니다. 빈 무덤, 바닷가에서 생선을 구워 주시는 주님, 갈릴래아로 돌아가라는 그분의 말씀이 매일매일 꽃이 되어 다가오기 때문입니다. 부활 기간이 지나고 나면, 일상의 계절들은 성찬제로 이어집니다. 언젠가 수십 년 전, 친구들과 함께 시애틀 대학교 앞 카페에서 아침을 나누며 함께했던 성찬제가 기억납니다. 이제는 서로 연락도 하지 않을 만큼 멀어졌지만, 그 우정의 성사는 감미로웠고 여전히 유효합니다. 그들이 더 이상 제 친한 벗이 아니어도, 또 다시 만나지 못해도 좋다고 생각하는 것은, 제 인생의 계절이 늦가을로 가고 있다는 것과 무관하지 않겠지요.

여름은 제게 길 위에서 삶을 배우는 계절입니다. 나자렛의 시장통에서 물동이를 인 미리암과 마주치기도 하고, 이스탄불의 조그만 성당을 돌아 나와 노란 대문집 앞에서 친절한 무슬림 여인이 건네주는 과자를 얻어먹고 함께 웃기도 하면서, 저는 여름 속으로 걸어갑니다. 인사동 골목길, 혜화동 로터리를 걸어 보고, 남대문 시장을 기웃거리며 친구들과 수다를 떨 때, 타국에서 살고 있는 저의 조금은 다르고 외로운 여정을 위로받습니다. 그리고 베트남에서 여름학기 수업을 하며,

가난 속에서 복음을 향해 불타는, 신에 취한 젊은이들을 바라보고만 있어도 그곳에서의 제 수고가 다 보상받았다는 느낌이 듭니다. 그러고 나면 또 서둘러 짐을 챙겨 텅 빈 방으로 돌아와 며칠 감기를 앓다, 새로 시작되는 계절 속으로 뛰어 들어갑니다.

하여 이 책이 무슨 책이냐고 물으신다면, 그렇게 숱한 계절들을 걸어간 어느 한 수도자의 노트 정도가 될 것입니다. 모든 시선을 열정적으로 하느님께만 드리는 기도 노트가 아니라, 마주친 사건과 조그만 대상에 정다운 시선을 던지며 일어나는 느낌들을 적어 간 글이기에, 강조하자면 수도자라는 이름 앞에 '열심 없는'이라는 형용사가 붙어야 할 것입니다. 그럼에도 불구하고, 우정의 성사를 통해 듣고 보았던 사람들의 살아가는 이야기는 저에게 하늘나라이며, 전례이며, 또 교회입니다.

특히 코로나가 온 세상을 뒤덮은 이 여름, 제가 살고 있는 다락방에서 줌zoom을 켜고 지구 여기저기에 흩어져 살고 있는 사람들을 만나면서, 깊은 곳에 그물을 치라는 주님의 말씀을 듣습니다. 이렇게 또 계절이 흐르면서 생명을 담은 꽃을 피우고 잎을 틔우듯, 저 또한 그렇게 하늘의 사랑이 되어 보라고 다시금 부르시는 것 같습니다. 어떤 형태로든 서로가 연결되어 함께 숨 쉴 때, 우리는 삶의 깊은 곳으로 함께 걸어갑니다. 이 2년 동안의 여정에서 제가 만난 아름다움과 기쁨, 찬란함, 그리고 슬픔을 길동무들과 나누어 보고자 합니다.

2020년 8월 앨러미다에서

박정은

가을

1

9월이 오면

뜨거웠던 여름을 보내고 9월을 맞는다. 달력 속 9월은
학기의 시작, 설렘과 기대로 학생들을 만나는 시간이
다. 같은 과목이라도 첫 수업은 늘 새롭고 경쾌한 긴장
을 동반한다. 여름의 더위를 식히고, 이제 새로 만난 학
생들과 함께 엄숙하게 진실을 탐구하는 일 년간의 노
동을 시작하는 것이다.

　그런데 마음 한편에서는 또 다른 9월이 시작된다. 이
마음의 9월이란 내 나이 같은 거라는 생각을 한다. 햇
살의 결이 한층 부드러워지고 나뭇잎에 투명한 빛이
반짝일 즈음이면, 가만히 불어오는 바람과 흔들리는

나무 그림자에 마음이 설렌다. 그럴 때는 밖으로 나가
본다.

내가 사는 앨러미다Alameda는 제2차 세계대전 당시
해군기지였던 곳으로, 지금도 남아 있는 수많은 양철
막사들이 그냥 텅 빈 채로 삭아 내리고 있다. 그런데 그
렇게 부식이 진행되는 양철 벽에 들꽃들이 기대어 피
어나, 햇살을 받아 밝게 빛나고 있다. 오래된 양철 막사
와 그 벽에 활짝 핀 꽃들이 오늘따라 참 잘 어울린다.
둘 다 역설적으로 생명을 이야기하기 때문일까. 서서
히 낡아 가는 것, 그리고 순간의 찬란함(잠깐 피었다 진
다 해도 억울할 것 없을 눈부신 찬란함). 그런 것이 바로 생
명임을 내게 가르쳐 주는 것 같다.

그와 함께 나는 천천히 흐르는 시간을 감지한다. 이
때를 나는 기도가 시작되는 시간이라고 부른다. 말하
자면, 아직 충분히 잠에서 깨지 않은 이른 아침, 하루를
완전히 닫기 전, 그리고 일상의 거센 물결 속으로 들어
가기 직전, 혹은 거기서 잠시 빠져나오는 시간들. 티베
트 불교에서는 '바르도bardo'라고 부르는 틈새의 시간
이다. 그럴 때면 사물도 자연도 조용히 나에게 말을 건

네고, 그 말을 들으며 걷다 보면 시간이 멈춘다. 그때 나도 아주 조용히 '하느님' 하고 부른다. 그리고 하느님 품 안에 쉬고 있는 내 맘속 그리운 사람들을 하나하나 불러 본다.

함께 가르치고, 함께 기도하고, 늘 함께 이야기 나누던 수녀님을 잃고 처음 맞는 학기. 수녀님이 쓰던 사무실을 지나칠 때마다 울고 싶은데, 늘 따스했던 그분을 그리워하는 동료 교수들을 달래느라 나는 아직 그분을 보고 싶다는 말조차 꺼내지 못했다. 그래서 이렇게 거리를 산책하다가 기도의 순간이 다가올 때, 이제는 아프지 않느냐고, 거기서 행복하시냐고 그분께 묻게 된다. 아마도 이런 것이 9월의 기도일 것이다.

기필코 하느님을 만나고야 말겠다는 날선 의지로 수도원 경당에 똬리를 틀고 앉아 애쓰던 어느 오뉴월의 기도가 아니라, 나도 보이고 세상도 보이고 하늘도 보이는 약간 게으르고 따스한 기도. 나는 부모님을 벌써 여의었지만 친구들은 늘 든든한 기둥이 되어 주셨던 부모님이 치매를 앓기 시작하시고, 조금씩 은퇴 계획을 해야 하고, 동료들도 하나둘 떠나가는 이즈음의 기도. 하지만 9월의 기도는 아직 그리 깊지 않아도 될 것 같아 조금은 안심이 된다. 포도알이 까맣게 익어 가 듯이, 아직은 꿈을 담을 수도 있고 아직은 좀 까불어도 아주 주책맞지는 않을 테니까.

그래도 9월이 오면, 어느 시인의 말처럼 "사람이 사는 마을에서…우리도 모르는 남에게 남겨 줄 그 무엇이"* 되어 가면 좋겠다는 생각을 한다. 쓸모없이 낡고 녹슬어 가는 양철 벽에 기대어 꽃이 피고 있으리라고 는 생각도 못 한 채, 그저 처연히 사라져 가는 그런 9월 처럼. 그리고 감히 우리들의 교회도 그랬으면 좋겠다 는 건방진 생각을 한다.

어제 신비주의 수업 말미에, 영성spirituality과 종교 institutional religion의 차이에 대해 학생들과 토론했다. "종 교는 우리가 어떻게 살아야 하는지에 대해 지침을 주 지만, 사람들이 변해 가는 것에 늘 늦게 반응하는 것 같 아요"라고, 한 학생이 아주 재미있는 발언을 했다. 세

---

* 안도현의 시 〈9월이 오면〉 중에서

상의 변화에 대한 기민한 반응과 종교가 주는 안정감은 과연 공존할 수 있는가 하는 질문이 계속되었다. 그리고 한 학생이 농담처럼, "게다가 교회는 묻지도 않는 것에 대해서는 답을 주고, 진짜 질문에 대해서는 답을 주지 않는다"고 이야기했다. 정말 그럴지도 모른다는 생각이 들었다. 이미 사람들은 자신의 삶에 대해 양심적이고 신중한 결정을 내리고 있는데, 교회는 여전히 일방적으로 가르치는 태도를 고수하고 있는 것 아닐까.

내가 보기에 미국의 가톨릭 교회는 한국에 비하면 훨씬 덜 성직자 중심적이다. 모든 것을 신자들과 같이 결정하고, 본당의 사목회의에서도 사제가 독단적으로 결정할 수 없다. 사제가 없는 본당도 제법 있다. 그럴 경우 은퇴한 신부님들이 가서 미사를 집전하고, 본당 운영은 사목회의에서 관할한다. 그럼에도 여전히 신자들은 가톨릭 교회의 성직자 중심 구조를 비판한다.

이런 와중에 최근 사제들의 성추행 논란이 다시 불거졌다. 펜실베이니아 교구에서 수십 년 동안 지속적으로 청소년들을 성추행한 사제들을 교회가 감싸고 사건을 은폐하려 했음이 세간에 알려진 것이다. 이 사건은 사제가 아동 혹은 청소년을 성적으로 추행한 사실, 그리고 성범죄를 은폐한 교회의 도덕적 결함이라는 이중의 문제를 드러냈다. 각 교구의 교구장들은 이에 대한 입장을 발표했는데, 내가 살고 있는 오클랜드 교구는 '어떠한 관용도 보이지 않겠다'는 정책no tolerance policy을 일관되게 유지하며, 평신도를 중심으로 하는 감사기관 결성에 대한 계획을 발표했다.

이번에 내놓은 여러 결정 중 내 눈길을 끈 것은 단연코 미국 주교회 의장인 대니얼 디나도Daniel DiNardo 추기경의 발언이다. 그는 신자들에게 "사제단은 신자들을 실망시켰지만 그리스도께서는 그렇게 한 적이 없으니, 교회를 떠나지 말라"고 당부했다. 미국인 특유의 경쾌한 동작이었지만, 그 말씀은 무언가 비장한 느낌을 주었다. 결국 이제는 목자가 신자들에게 교회를 떠나지 말아 달라고 호소할 때가 된 것일까?

제2차 바티칸공의회는 분명 교회란 하느님의 백성을 일컬으며 모든 신자는 사제직과 왕직, 예언자직을 가진다고 천명했지만, 아직도 교회는 사제 중심적이며 중세의 봉건제도에서 그다지 바뀐 것이 없다. 그래서 또 이런 생각을 해 본다. 지금 교회가 겪는 이 혼돈과 어두움이, 사제에 대한 신뢰가 허물어지는 이 일련의 사태들이, 어쩌면 성직자 중심성을 벗어버리고 새로운 모습의 교회를 만들라는 초대가 아닐까. 나아가, 초대 교회 신자들이 한마음으로 모여 신앙을 고백하고 빵을 나누며 서로를 돌보던 그때로 돌아가라는 초대가 아닐까. 신자들의 삶에 정해진 답을 주고, 틀에 맞지 않는다고 사람을 교회 밖으로 내모는 공동체가 아니라, 서로를 따뜻이 보듬어 안는 정다운 공동체가 되라는 초대인 것은 아닐까.

9월이 찾아왔고, 새 학기도 시작했다. 햇살은 점차 넉넉해지고, 그 넉넉한 오후의 빛 아래 모습을 드러내는 사물들이 정겹다. 나도, 또 우리가 이루는 교회도 이 9월에는 부식되어 가는 쓸쓸함을 고스란히 품은 채 생명을 말할 수 있기를, 그리하여 새 꽃송이가 기대어 피어날 수 있는 벽이 되어 줄 수 있기를 기도한다. 우리가 함께 살아가는 이 세상 어느 곳에서든, 어느 사이엔가

이 아픈 교회가 조금씩 회복되어 누군가에게 남겨 줄 선물이 되어 가기를 기도한다.

2018. 9

축 제

내가 속했던 대학가의 축제는 저항하는 공간이자 도전
하는 공간이었다. 공식적으로 인정되지 않는 대항 담
론이 어엿이 등장하는 것을 보며 느꼈던 그 아찔한 충
격을 나는 아직도 기억한다. 시대에 대한 비판, 지식인
으로서의 결단, 그 꿈을 살아내지 못하는 비겁함 등을
표현하며 거부의 담론을 생산하는 행위를 우리는 축제
혹은 향연이라 불렀다. 그래서 축제가 없는 삶에는 리
듬이 없고, 새로운 것을 향해 도약하는 긴장이 없다고
생각했다.

　그런 내가 사뭇 다른 축제 분위기로 문화 충격을 경

험한 것은 바로 이곳 홀리네임즈 대학에서였다. 이곳에 온 첫해 9월에 학기를 시작하고 한 달여 만에 축제가 열렸는데, 그 축제는 짜인 각본대로 아주 지루하게 진행되고 있었다. 그저 점심 시간에 캠퍼스에서 바비큐를 즐기며 하와이안 클럽 학생들의 훌라 공연을 보는 것, 그것이 전부였다. 나는 속으로 '애걔, 달랑 이거야?'라고 연신 외칠 수밖에 없었다.

그런데 이곳에서 지내다 보니 학생들의 현실적인 사정을 조금씩 알아가게 되었다. 그들은 한 학기에 여섯 과목 이상을 수강하면서 대부분 아르바이트로 학비를 벌었고, 운동부 학생들은 훈련과 경기, 수업 등으로 아침부터 저녁까지 일정이 꽉 차 개인 시간을 가지기는 힘들어 보였다. 그러니 뜨거운 열정이 충만한 축제 같은 것은 꿈꾸기도 힘들 것이다. 그럼에도 나는 학생들이 자신의 이야기를 어떻게든 공론화할 수 있는 장이 있으면 좋겠다고 늘 생각해 왔다.

그런데 올해 학생회장이 된 라틴계 학생 모니카가 나를 찾아와서는, 이번 축제의 주제가 '탈식민하기'여서 교목 신부님의 시작 기도는 없을 거라고 했다. 이미

교목실과의 갈등을 들어 알고 있었지만 짐짓 모른 체
하며, 신부님과 이야기해 보았느냐고 물었다. "신부님
은 좋은 분이지만, 대화를 하고 싶지 않으신 것 같다"
고 말하는 그녀의 눈에 순간 눈물이 글썽였다. 무례하
게 행동하려는 의도는 없었고 그저 대화를 하고 싶었
는데, 신부님이 자신을 피하시더라는 것이다.

　나는 교목 신부님이 무척 마음이 상하셨을 거라는
생각이 들었지만, 모니카를 나무랄 마음은 없었다. 자
기의 주장을 펴고 싶은 열정으로 발그레한 뺨을 연신
부비며 말을 이어 가는 그가 나는 무척 사랑스러웠다.
그런 저항은 젊은 날의 특권일 테니까. 그의 논리는 원
래 멕시코 땅인 캘리포니아를 유럽에서 이민 온 백인
들이 빼앗았고, 특히 가톨릭 교회가 그 과정의 중심에
있었으니, 수녀님들이 얻은 땅도 결국 빼앗은 땅이 아
니냐는 것이었다. 사실 선교에 식민화 과정이 없지는
않았으므로 일단 긍정한 뒤 대화를 이어 갔다. 그런데
여기에는 그가 잘 알지 못하는 더 자세한 역사가 있다.
그는 우리 수녀님들이 어떻게 이 땅을 샀는지, 처음에
이 땅이 얼마나 불모지였고 수녀님들이 이곳에서 어떤

노동을 했는지도 전혀 알지 못했다.

　우리 학교는 지난 150년 동안, 억눌리고 가난한 젊은 이들이 기량을 펼칠 수 있도록 돕기 위해 꾸준히 노력해 왔다. 만일 우리 학교가 중산층과 상류층 학생들을 받았다면 이와 같은 재정난에 늘상 허덕이지는 않았을 것이다. 하지만 힘든 가난 속에서도 우리는 이 여정을 지속해 왔고, 현재 우리 학교의 대다수를 이루는 학생은 미국의 가장 억눌리고 가난한 계층의 젊은이들, 그러니까 흑인들과 라틴계 이민자 자녀들, 불법체류 신분으로 내일을 꿈꾸는 청년들이다. 그런 그들이 탈식민을 이야기한다면, 우리는 당연히 박수를 쳐 주어야 하는 것 아닌가.

　나는 모니카에게 탈식민주의가 갖는 의미가 우리에게 주어진 모든 전통을 부정하는 것인지, 아니면 비판적으로 탐색하여 거기서 새롭게 찾아낼 의미는 없을지, 깊이 연구하고 더 고민해 보자고 이야기했다. 그는 마음을 열었고, 놀라워했으며, 새로운 질문을 가지고 돌아갔다. 교수들은 내가 학생들을 설득해 축제의 주제를 바꾸고, 늘 하던 대로 신부님의 기도로 축제를 시작할 수 있기를 기대했지만, 정작 나는 축제 프로그램을 바꾸게 할 마음이 없었다. 축제는 그들의 것이기에.

그리고 마침내 축제의 날이 되었다. 학생들이 준비한 축제는 여기저기 어설픈 구석이 많았으며, 많은 학생들이 관심조차 보이지 않았다. 하지만 축제에 참여한 학생들은 소수자로서 느끼는 사회 문제를 토론했고, 직접 고른 노래에 맞추어 춤을 추었다. 축제 마지막에 학생회장 모니카가 연설을 했다. 그는 이 학교 학생의 대다수는 유색인종이며, 따라서 학생들은 백인 중심의 교과과정을 따라가지 않겠다며 교과과정의 개편을 요구했다. 그리고 그들의 주장은 150년 동안 지속된 우리 학교의 이념을 새롭게 해석하는 작업의 시작이라는 말로 연설을 마쳤다. 몇몇 교수들은 불쾌해하며 자리를 떠났고, 남아 있는 교수들도 불편한 기색이 역력했다.

하지만 이러한 '부정의 담론'을 통해 학생들의 사고가 한층 깊어 가고 있음을 생각하니, 나는 솔직히 기분이 좋았다. 긍정의 담론만 있다면 그것은 축제가 아니다. 축제가 끝나고, 복도에서 다시 마주친 모니카가

축제를 즐기고 있는 학생들

"수녀님, 내가 하는 말 들었어요?" 하고 묻는다. 자신의 생각을 말하기 위해 그녀가 얼마나 큰 용기를 내야 했을지 생각하며 "그럼, 잘 들었지. 축하해!"라고 격려해 주었다.

많은 사람을 불편하게 한 그녀의 연설이 내게는 150주년을 맞는 우리 학교에 성령이 보내 주시는 메시지로 들렸다. 왜 90퍼센트가 소수민족인 우리 학생들이 거의 90퍼센트에 달하는 유럽 중심 교과과정을 배워야 하느냐는 불편한 메시지를 들으면서, 축제의 의미를 거듭 생각한다.

이 메시지는 나의 교수법 전체에도 적용된다. 이번 학기에 나는 교수법을 완전히 바꿔, 학생들이 올린 질문들을 중심으로 수업을 진행한다. 어떤 질문들에 대해서는 나도 아는 바가 전혀 없어 함께 자료를 찾고, 그중 가장 그럴듯한 정보에 점수를 주며 공통의 담론을 만들어 간다. 내가 가르치고 싶은 내용을 포기하는 일이 쉽지는 않지만, 지식을 만들어 가는 공간을 학생들과 나누면서 단순히 소극적인 지식 소비자가 아닌 생산자로서 참여하는 그들의 모습을 보는 것은 꽤 신선

한 기쁨이다. 그렇게 수업을 마치고 집에 오는 길은 축제를 마치고 집으로 돌아가던 어느 저녁처럼 마음이 가볍다.

우리의 일상은 축제여야 한다. 서로 다른 의견을 자유롭게 나누고, 지금 우리를 이끄시는 성령의 춤사위에 맞추어 춤을 추는 그런 축제 말이다. 나와 다른 이야기, 새로운 이야기, 내가 알던 질서를 어지럽히는 이야기는 불편하고 거부감을 일으키지만, 오직 그런 이야기 속에서 '나와 너'가 함께 생생한 새 생명을 간직할 수 있음을 기억하자. 축제에는 노래와 춤이 있고, 억눌렸다 샘솟아 오르는 이야기가 있고, 새로운 희망이 있다. 일상은 축제다. 내가 사랑하는 이들과 함께 고민하는 주제들로 가득 찬 나의 일상은 축제다. 이 과업의 끝은, 내 음을 비우고 그들과 함께 새로운 노래를 만들어 내는 일이다.

2018. 10

영원을 생각하다

미국에서, 특히 캘리포니아에서 가을을 떠나보낸다는
것은 짧은 오후 햇살에 마른 빛을 발하는 잎새들을 만
나는 일이며, 커다란 호박이 주는 넉넉함을 즐기는 일,
집집마다 할로윈을 준비하며 장식한 캐스퍼나 프랑켄
슈타인 같은 온갖 유령과 해골들에 익숙해지는 일이
다. 이즈음이면 나도 모르게 스티비 원더Stevie Wonder의
꽤 유명한 노래 한 구절을 흥얼거리게 된다.

　　천칭자리 얘기도, 할로윈에 대한 것도 아니에요…
　　그저 사랑한다고 말하고 싶어 전화했을 뿐이에요.

No Libra Sun, No Halloween.…

I just called to say I love you.

　할로윈Halloween은 모든 성인들의 축일 전야All Hallows' Eve에서 온 말로, 11월 1일 모든 성인 대축일을 기념하는 행사였다. 이름 모를 모든 성인들을 기억하면서, 산 자와 죽은 자가 함께 있음을 기억하는 시간이다.

　할로윈 행사에는 유난히 해골이 많이 등장하는데, 이는 14세기에 흑사병이 창궐하던 유럽에서 유행한 주제인 죽음의 춤('당스 마카브르Danse Macabre')을 상기하게 한다. 해골들은 손에 손을 잡고 춤을 추거나 낫을 들고 히죽거리며 우아한 사람들에게 죽음의 길을 안내하고, 산 사람들에게 와인을 권하는데, 이러한 죽음의 춤은 일상의 삶에 깃든 죽음의 모습을 강조한다. 이는 인구의 반이 죽어 나갔던 흑사병이라는 참혹한 체험 앞에서 희망을 주지 못하는 부패한 종교에 대한 반응으로, 삶의 본질은 죽음이며 사회적으로 죽음 앞에서는 누구나 동등하다는 비판적 인식을 담고 있다. 불확실성, 죽음, 재앙 그리고 불의로 가득 찬 세상에 대한 의

문은 시민의식이 싹트는 동기로 작용했고, 근대라는 새로운 시대를 열었다. 그렇게 14세기 유럽은 과도기의 축복과 재앙을 함께 배태하고 있었던 것 같다. 종교 권력의 부패, 난민의 양산, 자연재해, 가난과 같은 고통 앞에서 삶의 의미를 다시금 새롭게 생각해야 하는 21세기가 그 시절을 많이 닮았다는 생각이 든다.

이즈음 라틴계 사람들이 많이 사는 동네에서는 '죽은 자의 날Dias de los Morados' 축제를 한다. 이는 위령의 날과 같은 의미인데, 조상을 위해 미사를 여러 번 드리는 한국과 달리 미국의 가톨릭 교회는 한 번의 화려한 축제로 이날을 기념한다. 올해의 주제는 '이민'이다. 미국 정부의 이민 정책을 반대하는 정치적 정서를 강하게 반영하여 죽은 자를 위한 제대를 "이민은 자연스러운 것", "이민 과정에서 죽은 사람" 등의 제목으로 장식했다. 들여다보니, 멕시코에서 국경을 넘는 이민자를 인도하는 해골들의 그림도 많이 눈에 띈다.

세계적으로 인기를 얻은 애니메이션 영화 〈코코〉에서 보여 주듯이, 돌아가신 가족들을 다시 만나는 이날이 그들에게는 무척 중요하다. 가정마다 제대를 차리고, 좋은 음식과 함께 각자 사랑했던 친구나 가족의 사진을 올려놓고 그 사람을 기억한다. 어제는 학교를 졸업하고 이제 중학교 선생님이 된 마리아 쿠에바 양의 집에서 기도 모임을 가졌는데, 그 친구의 제단에는 마리아의 친척들뿐 아니라 올해 돌아가신 내 동료 수녀 크리스의 사진도 있어, 사랑하는 모든 사람들은 기억 속에서 모두 연결되는 것임을 확인했다.

그러고 보면, 11월은 자연스레 인간이 어디서 와서 어디로 돌아가는지를 생각해 보는 시간이다. 무성했던 잎들을 다 떠나보내고 발가벗은 채 하늘을 바라보고 있는 나무는, 이제 내가 돌아갈 곳, 하느님의 품, 그리고 하느님의 마음으로 돌아오라는 손짓 같다. 그래서 11월에는 생의 의미, 즉 이 세상을 산다는 것 그리고 그 너머의 의미를 잠잠히 돌아보게 된다. 시인 천상병이 〈귀천〉이라는 아름다운 시에서 이 세상은 소풍이라고, 그 소풍을 끝내고 "가서, 아름다웠다고 말하리라"라고 했듯이, 11월은 내게 생을 가볍게 살아가라고 속삭인다. 바람을 가르며 초연히 떨어지는 나뭇잎처럼 미련 없이 떠날 준비를 하라고 일러 준다.

죽음을 상징하는 해골 마님

교회는 우리 삶이 '순례'라고 가르친다. 세상의 물질에, 덧없는 명예에 연연하지 말고, 소박하게 자신이 하는 일에 최선을 다하며 자족하는 순례자로 살라고 가르친다. 클라라 성녀가 살던 산 다미아노 수도원에 간 적이 있는데 내 마음에 깊이 남아 있는 한 풍경은, 아무것도 쌓아두지 않은 수도원의 텅 빈 공간이었다. 다음 세대의 누군가를 위해 남겨 놓은 그 공간은 참 넉넉했다. 살면서 자꾸 가벼워져야 할 텐데, 내 삶은 계속 무거워져만 가는 것 같다.

그런 자책이 들던 밤, 친구가 보내 준 카카오톡 메시지를 들여다보니 칼릴 지브란의 《예언자》중 〈죽음에 관하여〉라는 시가 있었다. 그중에 "강과 바다가 하나이듯이, 삶과 죽음이 다름이 아니어서"라는 부분이 특히 마음에 다가온다. 열심히 그러나 가벼이 (허욕에 빠지지 않고) 사는 것이 죽음을 적극적으로 맞는 일일 거라는 생각, 이 세상에서 열심히 삶의 의미를 헤아려야겠지만 다 헤아리지 못해도 좋다는 생각. 또한 사랑하는 벗들과 강가에서 재미있게 놀다가 바다로 가는 것이 피안으로의 여정이라는 생각도 든다.

힌두교에서는 강과 바다의 관계를 가지고 진정한 자아와 궁극적 진리the Ultimate Being를 설명한다. 진정한 내가 누구인지 깨달을 때(아트만), 내가 궁극의 진리(브라만)가 된다는 이론이다. 잘 알려진 소금인형 이야기는 아트만과 브라만의 관계를 가장 잘 설명하는 예인 것 같다. 바다의 깊이를 재러 바닷속으로 들어간 소금인형이 바닷물 속에서 사라져 가는 순간에 마침내 자신이 바다임을 깨닫는다는 이야기다. 그러고 보니 성녀 아빌라의 테레사도 자신의 존재를 강에 떨어지는 빗방울에 비유했었다.

이즈음 나의 화두는 '어떤 죽음을 맞게 될까'다. 나는 아버지의 임종도 어머니의 임종도 모두 지켜 드리지 못해 그분들의 마지막 순간을 알지 못한다. 아버지가 치매로 점점 작아져 가실 때 내가 할 수 있었던 일은, 아버지가 어린 나의 발을 매일 닦아 주셨듯이 그분 얼굴에 향기로운 로션을 발라 드리는 일이 고작이었다. 14세기 신비가 메칠드Metchild의 《하느님 신성으로부터 흐르는 빛 Das flieBende Licht der Gottheit》이라는 책에는 그가 무엇이 착한 죽음인지를 하느님께 묻는 이야기가 나온다. 하느님은 그의 질문에, "나의 숨을 너에게 드리워 줄 때, 너의 숨이 마치 자석에 딸려 오는 쇠붙이처럼 나의 숨과 하나가 되는 것"이라고 설명해 주신다. 나의 숨이 하느님의 숨과 하나가 되는 순간. 나의 숨과 신의 숨이 하나가 되는 순간이 착한 죽음이라면, 결국 그것은 착한 삶의 또 다른 얼굴이다.

이 글을 쓰는 지금 나는 학생들과 피정을 하고 있다. 자신의 느낌과 삶의 경험을 솔직히 내어놓는 그들의 영적 나눔을 들으면서, 다가오는 세대 안에 계신 하느님의 얼굴을 본다. 저 젊은이들의 영성이 계속 깊어지면 세상은 얼마나 더 아름다울까 생각하다가, 나이 드는 자가 지녀야 할 가벼움을 생각해 본다. 그래서 나는 그저 말을 줄이고, 내가 살아가는 동안 만든 발자국을 지우는 일을 시작해야겠다. 불편해도 다음 세대가 살아갈 세상이 조금이라도 덜 망가지도록, 그들이 더 아름다운 세상을 만나도록, 가볍게 입고 가볍게 먹고 소음을 줄이면서 살다 가려고 노력해야겠다. 다만 이 인생의 여정에서 잊지 말아야 하는 이는 오직 한 분, 하느님.

오클랜드 프루트베일에서 열린 위령의 날 행사 제단.
올해는 이민을 하다 죽은 사람들을 기리는 특별한 주제로 다양하게 꾸며졌다.

잎이 진다. 멀리에선 듯 잎이 진다.
하늘의 먼 정원들이 시들어 버린 듯
부정하는 몸짓으로 잎이 진다.
...

우리들 모두가 떨어진다. 이 손이 떨어진다.
보라, 다른 것들을. 모두가 떨어진다.

그러나 어느 한 사람이 있어, 이들 낙하를
한없이 너그러이 두 손에 받아들인다. *

릴케가 〈가을〉이라는 시에서 이렇게 고백했듯, 우리는
아직 다 이루지 못한 정의를 마침내 완성하시고 가난
한 자의 눈물을 모두 닦아 주실 그분을 기억해야 한다.
우리는 아직 용서하지 못한 자, 그리고 아직 용서를 청
하지 못한 자들과 함께 한 분 하느님의 자비 앞에 설 것

---

* 《릴케 시집》(송영택 역, 문예출판사)

이다. 그러니 그저 영원을 사모하며 이 부서지고 아픈
세상에서 자기 몫의 친절한 마음과 행동으로 가벼이
살아갈 일이다.

2018. 11

겨울

#1

고요를 맞는 시간

나는 알고 있다. 학생들의 마지막 페이퍼를 읽고 점수
를 다 매기고 나면, 마침내 한 해를 마무리하는 은혜의
시간이 온다는 것을. 언제부터인가, 내게 대림은 학기
를 끝내고 혼자 집에서 성서를 읽고 침묵하며 고요를
맞는 시간이다. 오후 네 시가 지나면 어느덧 사방은 도
둑맞은 것처럼 어둠에 잠기고, 발걸음을 서둘러 집으
로 돌아간다. 이런 저녁 산책을 할 때면, 좀 멀어도 온
통 불을 켜 장식한 동네까지 일부러 걸어가 빛의 축제
를 즐기고 돌아온다. 반짝반짝 불을 켜 둔 집 앞을 지
나면 왠지 마음까지 다 환해지는 듯하다. 어둠이 깊을

수록 빛을 그리워하고 갈망하는 것이 모든 인간의 마음이기에, 성탄을 비롯한 여러 축제에서 빛이 주제가 되는 것 같다.

우리 수녀원에서는 대림환에 초를 밝힘으로써 어둠을 밝혀 줄 빛이 되어 오신 예수의 탄생을 기념한다. 원래 12월 25일은 태양의 탄생을 기리는 겨울 축제일이었다. 동지를 지나 점점 빛이 길어지는 것을 기념하던 이 로마의 축제일에서 의미를 빌려 와, 빛으로 상징되는 예수 그리스도의 탄생을 12월 25일에 기념하게 된 것이다.

추운 겨울날 수녀원에서 예수님의 탄생을 묵상하며, 사람이 되어 오시는 예수님의 가난은 참 추운 거란 생각을 했었다. 그런데 어릴 적부터 절친한 친구였던 수녀님이 아르헨티나에 선교하러 가서 내게 보내 온 편지에는 이런 말이 적혀 있었다. "추운 성탄절에 바람 부는 마구간 같은 것은 이곳에 없어. 한여름에 맞는 성탄절이 내겐 정말 낯설다." 신선한 충격이었다. '그곳에서는 성탄이 여름이라고? 하긴 그럴 수도 있지. 성탄이, 아니 12월 25일이 꼭 북반구의 시간일 이유는 없

홀리네임즈 수녀원 성당에 장식한 대림환

지. 결국 성탄은 예수가 탄생하시는 우리 마음의 첫 자리이고 첫 시간인 거니까.' 예루살렘 성문에서 시외버스를 타고 가난한 팔레스타인 사람들이 사는 동네 베들레헴을 찾아가 드렸던 뜨거운 5월의 낮 기도는 설렘 그 자체였다. 그날은 내 추억 속에서 목동들의 환호가 울려퍼지는 진정한 희망의 성탄으로 남아 있다.

이즈음 유대교에서는 하누카 축제를 지낸다. 이스라엘이 유배지 바빌로니아에서 돌아와 다시 성전을 짓고 봉헌한 것을 기념하는 날로, 가지가 아홉 개 달린 촛대(메노라)를 두고 하루에 하나씩 불을 밝혀 나간다. 또 아프리카에서 온 이주민들은 이즈음 콴자kwanza라는 축제를 지낸다. 자신들의 뿌리인 아프리카를 추억하고 삶을 감사하며 일주일 동안 하루에 하나씩 초를 밝힌다. 어둠이 깊게 내려앉은 시간의 길목에서 이렇게 사람들은 빛을 희망하며 한 해를 마감하고 또 새해를 맞이한다.

그런데 빛을 찾는 마음이 어디 계절과 관계된 것이기만 할까? 우리가 살아가는 오늘의 세상은 어둠이 너무 깊어, 사람들은 빛을 더욱 그린다. 새벽이 올수록 어둠은 더 깊어진다고 하는데, 이제 비로소 새로운 시대가 시작하려는 것일까?

21세기는 어떤 시대보다 가난과 억압의 문제가 두드러진다. 글로벌 자본주의 체제 아래 수많은 사람들이 빈곤층으로 떨어졌고, 환경오염, 자연재해, 폭력 등으로 많은 사람이 삶의 터전을 잃고 떠돌이 난민이 되었다. 지금 남미의 많은 난민들이 무리를 지어 멕시코와 미국 사이 국경에 세워진 벽 앞에 며칠째 서 있다. 프랑스에서는 이름 없는 사람들에 대한 억압에 저항하며 혁명을 주장하는 '노란 조끼' 시위를 4주째 이어가고 있다. 안토니오 네그리Antonio Negri가 말하는 '다중'의 시대에 정말로 새로운 혁명이 일어나는 것 아닌가 하는 생각이 많이 든다. 그러고 보니 내가 만나는 학생들도 '혁명을 꿈꾼다'는 이야기를 자주 한다.

내가 꿈꾸는 혁명은 무엇일까? 사실, 성탄이 초대하는 혁명은 너무 조촐하고 부드럽고 연약하다. 수도자로서 부끄러운 이야기지만 나는 하늘이 사람이 되시는 이 신비로운 혁명, 이 세상의 아픔을 끌어안는 혁명을 구체적으로 어떻게 살아야 하는가에 대한 확실한 비전을 갖지 못했다. 그래서 이번 대림의 내 기도는, 눈을 뜨게 해 주시리라는 확신 속에서 "다윗의 자손이시여, 저희에게 자비를 베풀어 주십시오"라 고백했던 두 맹인의 외침(마태오 9:27-31)이다.

지난 봄방학에 학생들과 미시시피에 봉사하러 갔다가, 주일 오후에 공원에서 이야기하고 산책도 하면서 함께 여유로운 시간을 보낸 적이 있었다. 그때 한 여학생이 물가에서 죽은 거북을 건져 냈다. 거북의 살과 내장은 이미 부패해서 사라졌고, 껍데기만 남은 상태였다. 그렇게 껍데기만 남았음에도, 왠지 그 동물의 품위는 아직 남아 있는 것만 같았다. 미래의 수도 생활에 대한 책을 준비하는 중이어서였을까. 수도회에 새로운 회원은 좀처럼 들어오지 않고 기존 회원들은 점점 나이가 들어 가는 모습을 바라보면서, 도대체 활동수도회는 무엇을 하는 곳이어야 하는지 고민하던 중이어서였을까. 껍데기만 남은 거북은 마치 지나간 시대의 찬란한 유물처럼 인상적으로 다가왔는데, 도무지 그 의미는 알 수 없었다. 나는 그저 학생들에게 이 껍데기 속에 담겼던 삶을 존중하는 의미에서 잘 묻어 주자

。

미시시피 강가에서 주운 껍데기만 남은 거북

고 했다.

그런데 이번에 미국종교학회(AAR) 모임을 마치고 돌아가는 날, 덴버 공항에서 거북 껍데기로 만든 북을 보게 되었다. 미국의 원주민들이 만들어 사용했다는 이 북은 거북의 빈 몸통을 통해 소리가 울려 나오도록 되어 있었다. 그것을 본 순간, 수도 생활의 비전은 이렇게 껍데기만 남은 상태로 남을 위한 북이 되는 것인가 하는 생각이 들었다. 내가 상상하던 살아 있는 거북의 품위가 아니라, 죽음으로 속을 다 비우고 누군가의 노래를 연주하는 도구가 되는 삶. 그런 것이 수도 생활이라는 생각에 처연한 기분마저 들었다. 그것은 어쩌면 수도 생활을 시작하던 첫날의 아찔하고 두려웠던, 그러나 황홀하기 그지없던 열정, 가진 모든 것을 비워 내고 죽기까지 예수를 따르리라던 젊은 날의 열정을 회복하라는 초대일지도 모른다. 처음 그분을 따라나서던 날, 우리는 그저 무화과를 기르는 소박한 농부였고 가난한 '아나빔'*이었다. 우리는 그렇게 예수 그분과의 혁명을 시작했다.

그래서 나는 말씀이 사람이 되어 오시는 밤을 기다

리며 타고르의 《기탄잘리》첫 시를 노래한다.

> 이 연약한 그릇을 당신은
> 비우고 또 비우고 또 비우시고 끊임없이
> 이 그릇을 싱싱한 생명으로 채우십니다.
>
> 이 가냘픈 갈대 피리를
> 당신은 언덕과 골짜기 너머 지니고 다니셨고
> 이 피리로 영원히 새로운 노래를 부르십니다.
>
> 당신 손길의 끝없는 토닥거림에
> 내 가냘픈 가슴은 한없는 즐거움에 젖고
> 형언할 수 없는 소리를 발합니다.
>
> 당신의 무궁한 선물은
> 이처럼 작은 내 손으로만 옵니다.

• '온유한 사람'이라는 뜻의 히브리어—편집자 주

세월은 흐르고 당신은 여전히 채우시고

그러나 여전히 채울 자리는 남아 있습니다.[*]

2018. 12

---

[*] 《기탄잘리》(김병익 역, 민음사, 1974)

21세기 어느 열심 없는
수녀의 기도

성탄의 시기가 지나간다. 이제는 청년이 되어 사막으
로 뚜벅뚜벅 걸어가시는 그분을 만나 뵙는 시간이다.
마르코복음은 예수께서 세례를 받고 곧장 사막으로 가
셨을 때 천사들이 시중을 들었다고 기록했고, 마태오
복음은 사막으로 가신 예수가 40일간 유혹을 받으셨
다고 적고 있다. 당신이 하느님의 아들이시면서 왜 굳
이 세례를 받으셨을까 궁금해진 나는, 주님의 세례가
삶의 한 축을 정리하고 새 삶으로 들어가는 예전 같은
것이 아니었을까 생각해 본다. 어떻게 보면, 홀로 계신 어머니의 모습은 그분의 마음에 상당한 부담으로 다가왔을 것이다. 그리고 어느 정도 나이가 드니 많은 영성가들이 나자렛 시절 그분의 소박한 숨은 생활을 왜 그렇게 동경했는지 이해되기 시작하는 것을 보면, 그분역시 그냥 조용히 숨은 생활을 지속하고 싶은 마음이 드셨을 수도 있겠다.

주님의 세례를 축하하는 오늘, 나는 방콕 근처 파타야에 있는 성당에서 미사를 드렸다. 주님이 새로운 길을 걸어가신 일을 기념하는 이날의 축일은, 불교와 힌두교 양식이 융합된 태국의 고유한 아름다움이 잘 드러나는 성당과, 그 안에서 열심히 기타를 치는 젊은이들의 모습과 왠지 더 잘 어울려 보였다.

그리고 내일부터 시작하는 '행동하는 여성의 지혜 Women Wisdom in Action, WWA' 모임을 위해, 미얀마, 베트남, 인도, 인도네시아, 중국, 태국, 필리핀, 미국 등지에서 신학을 공부하는 수녀들과 수도자들 50명, 그리고 평신도 두 분이 함께 모였다. "수도 생활의 전망"이라는 주제로 21세기의 수도 생활 및 이후의 향방을 함께 모색하기 위해서다. WWA는 아시아 교회들의 네트워크를 만들고 여성 수도자들에게 신학을 공부하는 자원과 공간을 제공해 왔는데, 이 모임은 함께 그간의 결실을 감사하고 다음의 향방을 식별하자는 취지를 가진 좀 특이한 학회다. 특이하다고 표현한 이유는, 일반적인 학회에 가면 경쟁심 때문에 혹은 학자로서 인정받기 위해 무리하는 피곤한 사람들을 어쩔 수 없이 대면해야 하는데, 이 학술회는 그저 자연스럽게 사는 이야기를 먼저 하고 매일 저녁 그날 발표한 내용들을 놓고 성찰하는 시간을 갖도록 짜여 있기 때문이다.

학술회 첫날은 주님의 세례 축일 미사로 시작해서, 모두 함께 파타야의 거리를 관찰하는 것으로 마무리했다. 우리는 워킹 스트리트walking street에서 30분을 보냈는데, 보기에 민망할 정도의 환락 산업이 거리를 메우고 있었고 한국어 간판들도 적지 않게 눈에 띄었다. 이곳은 성매매 산업으로 전 세계에 잘 알려진 곳으로, 원래는 고요한 어촌 마을이었다가 베트남 전쟁 중 미국 병사들의 휴가지가 되면서 성 관광지로 변해 왔다. 사람들이 온갖 종류의 호객 행위를 하고 차마 표현하기 힘든 사진들을 버젓이 내보이며 거래를 하는데, 도대체 나는 누구이고 여기는 어디인지 알 수 없을 만큼 현기증이 일었다.

나를 더욱 슬프게 한 것은, 거의 벗은 모습으로 무리지어 서 있는 여성들의 표정 없는 얼굴들과 그 거리를 기웃거리는 사람들의 시선이었다. 상품화된 몸을 욕망하는 시선들. 그리고 나를 포함해서 그 현상을 구경하고 사진을 찍어 대는 관광객들. 파타야라는 도시 전체가 글로벌 자본주의의 욕구가 낳은 거대한 쓰레기 같았다. 그리고 이곳의 사람들은 오로지 욕망을 따라 만들어진 구조가 낳은 피해자일 것이다. 나는 그들이 어디서 왔으며 그들의 부모 형제가 누구인지 모른다. 단지 메마른 그들의 시선이 '하늘나라는 강탈당했다'고 말하는 것 같다.

안 그래도 내가 천착하고 있는 주제가 글로벌 독점 자본주의 체제 안에서의 수도 생활에 관한 것인데, 새삼 자본주의의 민낯을 본 느낌이다. 사막으로 가신 예수님이 대면하셨을 적나라한 인간 욕구와 그 욕구의 대상으로 전락한 수많은 사람의 아픔은 여전히 우리에게 엄연한 현실이다. 얼마나 자주 우리는 이 불편한 진

○

파타야에 있는 '워킹 스트리트.'
글로벌 시대의 소돔과 고모라라고 할 만한 긴 환락의 거리 입구에 걸린 간판이다.

실을 외면하고 우리 욕구가 투사된 상품들을 기웃거리는지. 그 물건을 가지면 정말로 행복해질 수 있다고, 그 상품이 광고하는 멋진 이미지를 가질 수 있다고 믿고 있는지. 갑자기 찾아온 두통으로 잠을 설친 나는, 새벽에 일어나 예수 그분께 묻는다. 예수님, 당신이 받았던 그 유혹—배부름, 세상이 혀를 내두를 매력과 명성, 권력—의 뒷골목에서 절망 속에 망연히 서 있던 사람들을 당신은 보셨던 것입니까?

21세기를 사는 수녀의 기도는 어떤 것이어야 할까 생각해 본다. 14세기 신비가 노리치의 줄리안은 계속되는 전쟁과 죽음과 절망에 허덕이는 세상을 향해, "모든 것이 잘될 거야"라고 노래했다. 줄리안 성당에서 평생 밖으로 나오지 않고 창을 통해 세상을 누구보다 깊이 들여다본 이 이름 모를 신비가를 나는 퍽 좋아하는데, 그 이유는 그가 진심으로 사람들과 소통하며 위로하는 사람이었기 때문이다.

활동수도회의 성소에서 살아가는 나는, 인간의 욕망이 만들어 낸 숱한 폭력에 상처받은 사람들을 어떻게 위로할 수 있을까에 대해 고민한다. 그런 내게 요즘 위로가 된 책이 있는데, 독일 경제학자 슈마허E. F. Schmacher가 쓴 《작은 것이 아름답다Small Is Beautiful》라는 책이다. 1970년대 에너지 위기를 직면하고 이 책을 쓴 그는, 크게 되는 것이나 많이 사용하는 것이 성공적인 삶이라는 신화를 깨야 한다고 외친다. 생태계 위기가 인류를 덮친 요즘, '작은 것이 아름답다'는 그의 구호가 예언자적 메시지로 다가온다.

예수님이 경험하신 것처럼, 예루살렘 성전에서 뛰어내려도 끄떡없을 만큼 크고 잘 갖추어진 수도회는 우리의 환상에 불과할 것이다. 작은 것은 아름답다. 그저 세상의 아픔을 감지하는 두세 명이 함께 기도하고, 작은 몸짓으로 걸어가는 것, 그것이 새롭게 써야 하는 수도 생활의 내용일 것이다. 그래도 홀로 가는 길은 아니다. 이 세상에 나와 비슷한 부르심을 받은 수도자들이 있고, 그렇게 서로에게 '링크'를 걸고 걸어가는 것이다. 그래서 함께 모인 아시아의 수녀들이 너무도 소중하다.

내게 자본주의에 저항하는 구체적 방식에 대해 답을 준 사람은 몇 년 전에 돌아가신 이집트 경제학자 사미

르 아민Samir Amin이다. 그는 글로벌 자본주의와의 연계link를 끊어 내는 절연delink을 주장했다. 아민은 지금의 자본주의가 미국, 서구, 일본을 중심으로 독점 체제를 형성했으며, 지구의 대다수 지역은 이 체제를 지지하는 데 이용될 뿐이고 제3세계의 많은 사람들은 계속 가난해질 수밖에 없다고 설명한다. 이러한 체제에 저항하기 위해서 우리는 욕구와 대량생산, 소비에 걸려 있던 링크를 끊고, 우정과 간소한 소비와 연대에 기꺼이 링크를 걸어야 한다.

욕망의 본질을 보신 예수님은, 사막을 떠나 회당으로 들어가셔서 두루마리를 펴 드셨다. 그리고 하느님 나라가 오늘 여기에 임했다고 설파하셨다. 예수의 운동은 결코 크지 않았고, 많은 것을 소비하지 않았으며, 그 대신 일상 속에 아주 작지만 결코 사라질 수 없는 사랑의 성사를 세우셨다. 나는 그분이 걸어가신 길을 변함없이 따라갈 것이며, 이렇게 기도할 것이다. "주님, 거대한 일을 꾸미지 말고, 성공 따위는 바라지도 말며, 그저 일상에서 마주치는 모든 순간마다 우정에 링크를 걸게 하소서." 21세기를 사는 거룩하지 못한 수녀인 나

는, 모름지기 작은 자들과의 우정을 위해 그저 하느님
의 빵을 나누는 식탁을 차릴 일이다.

2019. 1

꿈꿀 수 있는 권리

요즘 내가 사는 이곳은 계속 비가 내린다. 이번 주는 아마 거의 하루도 빼놓지 않고 비가 내릴 거라고 한다. 빗소리를 들으면서 책을 읽거나 글을 쓸 때면, 따스한 둥지에 있는 새가 된 듯 아늑하고 행복하다. 그러다, 이 시간 온몸을 적시며 거리를 서성일 누군가가 있다는 생각에 미안해진다.

미국에서 꽤 살기 좋은 곳으로 꼽히는 이곳 캘리포니아에도 가난한 사람들은 적지 않다. 이렇게 계속 비가 오면, 집이 없어서 거리에 천막을 치고 사는 사람들은 또 어떡하나 하는 생각에 마음이 무겁다. 예수님은 제자들에게, 자신은 늘 그들과 함께 있지 않겠지만 가난한 사람들은 늘 함께 있을 것이라고(마태오 26:11) 말씀하셨는데, 정말 어느 곳에 가든지 몸과 마음이 춥고 힘든 사람들이 늘 곁에 있다. 다만 잘 보이지 않을 뿐이다. 나도 잘사는 사람은 아니다. 하지만 세상 어느 곳을 가든, 그곳이 신자유주의의 메카인 미국이든 이 지구의 어느 주변부든, 절대 빈곤에 처한 사람들이 건물과 건물 사이 공간에 텐트를 치고 살아가고 있다.

그런 생각이 들면 우산을 쓰고 동네를 여기저기 기웃거려 본다. 혹시 누군가를 만나거든 수프라도 사 주고 싶어서. 다행인지 불행인지, 내가 찾는 노숙자는 보이지 않고 비에 젖은 채 울고 있는 새 한 마리를 보았다. 대개 비가 오면 새들은 어딘가로 숨어 보이지 않는데, 이 새는 이상하게 홀로 나무 처마 끝 난간에서 울고 있었다. 나는 그저 안타깝기만 할 뿐 방법을 잘 알지 못한다. 새에 대해서도, 또 가난한 사람들에 대해서도….

그래서 이 주제를 가지고 내가 가르치는 〈사회정의와 영성〉이라는 과목의 수업안을 작성했다. 우리는 먼저 가난의 원인과 구조에 대해 토론하고, 나아가 우리가 사는 지역사회에서 무엇을 할 수 있고 또 어떤 활동이 효율적일 것인지를 두고 토론하기로 했다. 우선 온라인 수업 공간에 주제를 공유하고, 알고 있는 정보들을 과제물로 올리게 했다. 그리고 자신이 꿈꾸는 대안적 사회를 나누게 했다.

지난주에는 "흑인의 삶은 중요하다"Black Lives Matter라는 주제를 두고 공부하고 토론하는 시간을 가졌다. 미국의 인종 문제, 특히 공권력의 문제가 얼마나 구조적인 인종차별을 가져왔고, 또 미국의 교도소에는 왜 그렇게 많은 흑인 아빠들이 있어야 하는지를 심도 있게 들여다보았다. 내가 여러 번 강조한 사실은, 이것은 단순히 개인적 차원의 문제가 아닌 함께 생각해 보아야 하는 구조적 문제라는 점이었다. 우리가 교재로 사용한 책《새로운 짐 크로The New Jim Crow》는, 사회가 변하면서 값싼 노동력이 더 이상 필요하지 않게 되면 교육받지 못한 흑인들은 결국 감옥에 간다는 무시무시한 결론을 제시하고 있었다. 흑인 학생들이 많이 듣는 이 수업에서 내가 내린 결론은, 그저 '미래는 너희들의 것'이라는 말이었다.

비 오는 저녁, 처마 끝 난간에서 울고 있던 새

놀랍게도 학생들은 나보다 훨씬 많은 것을 알고 있었다. 필리핀에서 미국으로 이민 온 어떤 학생은 배가 고파서 음식을 무료로 나누어 주는 곳에 간 적이 있으며, 그런 가족들에게 음식을 제공하는 곳이 반드시 필요하다고 말했다. 실제로 노숙을 하며 살았던 기억에 대해 들려주는 학생도 있었다. 그리고 어떤 학생은 친환경 채소나 식재료를 재배해서 가난한 사람들에게 나누어 주는 서비스에 대해 조사해 왔다. 이어서 우리는 오클랜드에 있는 캔티클 농장Canticle Farm에 대한 이야기도 나누었다. 땅을 살리고 모든 사람을 환영하는 이 공간은, 함께 농사를 짓고 누구든지 와서 식사하고 대화를 나눌 수 있는 곳이다. 바로 이런 곳들이 대안적 희망을 주는 너무나 소중한 공간임을 우리는 깊이 깨달을 수 있었다.

함께 모여 자신의 경험을 부끄러움 없이 나눌 때, 그리고 경험에 기반한 자료를 부지런히 모으고 연구할 때, 그 공간에서 마침내 우리는 꿈을 꾸게 될 것이다. 인도의 가난한 여성들은 자기 인생을 꿈꾸고 설계할 권리를 가지지 못한다고 지적하며 신학자가 되고픈 꿈을 피력했던 한 인도 수녀의 말처럼, "꿈꾸는 것은 인간의 권리"다. 나는 나의 학생들이 어디서 무엇을 하든, 어떤 형태로든 꿈꾸는 활동가가 되기를 소망한다. 그렇다면 우리에게 꿈을 꾸게 하는 곳은 어디일까? 내가 젊었을 때 꿈을 꾸게 하는 곳은 교회였는데, 과연 지금 이들에게도 교회가 그런 곳일까 하는 의문이 든다.

요즘 교수회의에서 골치를 앓는 문제도 이와 무관하지 않은데, 나이가 칠십이 넘은 노교수들은 자신의 교육 철학이나 방식을 전혀 바꾸려 하지 않는다. 그리고 자신에게 익숙한 방식을 '전통'이라고 이야기한다. 그런데 전통이란 무엇일까? 전통은 매일 변해 가는 현실 속에서 가장 핵심적인 본질을 계승하기 위한 끊임없는 해석의 과정이다. 이는 교회 역시 마찬가지이며, 교회의 전통은 초기에 해석한 예수 운동을 글자 그대로 보전하는 것이 결코 아니다. 그래서 나는 전통주의자를 수구주의자로 이해하는 것에 반대한다. 나는 예수 운동에 참여하는 수도자로서 전통주의자다. 따라서 예수님이 남겨 주신 전통을 따라, 법이 아닌 사람을 사랑하기를 꿈꾼다. 그렇다면 우리는 이 꿈을 따라 전통을 해

석해야 마땅하다.

복음서의 예수님은, 제자들을 세상에 내보내면서 여벌의 옷가지나 신발을 챙기지 말라고 경고하신다. 얼핏 보면 마치 선교사들에게 이것저것 싸가지고 다니지 말라는 말처럼 들리는데, 꼭 그렇지는 않다. 나이가 들면 당연히 지팡이를 가지고 다녀야 하며, 나부터도 나이를 먹으면서 어딘가로 강의를 하러 가려면 안경이나 비타민, 감기약, 컴퓨터, 어댑터 등 챙겨야 하는 것들이 늘어난다. 다행히 예수님은 여기서 그런 목록의 가짓수를 이야기하시는 것이 아니다. 핵심은 그다음에 나오는데, 그분의 의도는 손님 같은 마음 즉 타인의 환대에 의지하는 사회적 약자가 되라는 당부인 것이다. 누구의 집에 들어가든지, 그 집에 머물면서 손님으로 지내는 것이 교회 됨의 핵심이다. 교회는 주인이 아니라 손님이다. 손님은, 설사 진리를 지니고 있어도 내가 진리를 가지고 있으니 너희는 나를 따르라고 이야기할 수 없다. 다만 스스로 그 진리를 꿈꾸는 자로서 그 꿈을 전할 뿐이다.

자신이 이해한 진리를 움켜쥐고 놓지 않으려는 태

도는 교회에도 학교에도 만연해 있다. 예수님의 가르침이 던진 진정한 도전은, 결국 빈손이 가져다주는 자유로움이었을 것이다. 나는 전통주의자다. 그래서 예수님이 지니셨던 마음으로 내 학생들을 만나려고 한다. 또 신참 교수들의 꿈을 잘 경청하고, 전통에 대한 맹종을 경계하며 내 자리에서 전통을 지키기를 꿈꾼다. 모든 인간은 꿈꿀 권리가 있으며, 꽃으로도 사랑으로도 그 꿈을 깨뜨려서는 안 된다.

2019. 2

봄

1

봄이 오는가

지금은 남의 땅—빼앗긴 들에도 봄은 오는가?

나는 온몸에 햇살을 받고
푸른 하늘 푸른 들이 맞붙은 곳으로
가르마 같은 논길을 따라 꿈속을 가듯 걸어만 간다.
…

나는 온몸에 풋내를 띠고
푸른 웃음 푸른 설움이 어우러진 사이로
다리를 절며 하루를 걷는다. 아마도 봄 신령이 지폈

나 보다.

그러나 지금은―들을 빼앗겨 봄조차 빼앗기겠네.*

언제나 3월은, 여전히 쌀쌀한 날씨 속에서도 기어이 꽃을 피워 내며 다가온다. 고등학교에 막 입학하고 아직은 어색한 교실, 창가에 드는 햇빛을 보며 앞으로 내가 살아갈 세상을 막연히 내다보았던 기억이 난다. 내가 다닌 여자고등학교는 삼일정신을 기리기 위해 강당을 '삼일당'이라 불렀고, 조회 때는 "민족정기 삼일정신이 솟구친다"는 가사의 노래를 부르곤 했다. 그 삼일운동이 일어난 지 백주년이 되는 올해의 3월은 많은 것들을 생각하게 한다.

　나는 삼일절 백주년 새벽에 학생들과 함께 미시시피로 향하며 스스로에게 물었다. 언제나 가슴 두근거리며 기억하던 그 민족정기를 나는 여전히 지니고 있는

―

*　이상화, 〈빼앗긴 들에도 봄은 오는가〉

76

가? 지구화하는 세상에서 우리 민족혼을 지니고 산다는 것은 무슨 뜻일까?

나는 이 대학에서 가르치는 일을 시작한 이후로 봄 방학마다 미국에서 가장 가난한 농촌 지역에서 집짓기를 해 왔고, 올해가 벌써 열한 번째다. 우리는 흑인 인구가 99퍼센트인 터트윌러Tutwiler 오지에 집들을 지어 왔는데, 이제 더 이상 가난한 사람을 위해 내어 줄 땅이 없으므로 어쩌면 〈사회정의와 영성〉 수업은 올해가 마지막일 수도 있겠다. 그동안 이 수업을 들었던 학생들을 초대해서 식사라도 해야지 하는 생각을 해 본다. 그렇다면 이제 이곳 사람들은 잘살게 되었을까? 전혀 그렇지 않다.

예수님이 말씀하신 것처럼, 가난한 이들이 없어지지는 않을 것 같다. 그래서 마음이 쓸쓸하다. 학생들과 함께 제대로 된 집이 없는 이들을 위해 집을 지어 주는 것은 참 설레는 일이었다. 집 짓는 일을 해 본 적이 없는 학생들은 겁을 내면서도 실수를 연발하며 노동을 배워 갔다. 좁은 합숙소에서 공동생활을 했으며, 처음으로 요리를 해 보는 학생들도 많았다. 이 동네의 아이들도 자랐다. 학교 선생님이 자기를 좋아하지 않는다고 푸념하던 1학년 꼬맹이 자미르가 어느덧 훌쩍 커서 내년에는 미시시피 대학에 가려고 준비한다는 이야기를 살짝 건네고 갔다. 그들에게는 풍요와 부의 상징인 캘리포니아에서 온 우리와 친하게 지내는 것이 미움 받는 일이라긴 이야기를 나눌 수는 없다고, 제법 어른스럽게 설명을 하고 갔다. 자신은 이곳을 뜨는 게 소원이란 말과 함께.

처음 이곳에 왔을 때 우리 학생들을 졸졸 따라다니던 로렌조는 올해 스물넷이 되었다. 2년제 대학을 졸업했지만, 직장이 없어서 허드렛일을 하면서 지낸다. 신장병을 앓는 엄마를 돌보며 살고 있었는데, 이제 엄마가 돌아가셨다면서 어디론가 떠나려 한다고 했다. 이제 이곳에는 친구가 아무도 없다고. 많은 사람들이 이 시골을 떠나 어디론가 사라져 갔다. 제대로 교육받지 못한 남부 깡촌 출신 흑인들이 대도시로 가서 무슨 일을 하며 먹고살까 생각하면서, 우리나라 1980-1990년대의 농촌과 비슷하다는 생각을 했다.

이곳에서 30년 전에 선교를 시작한 우리 수녀회의 앤 브룩 수녀님도 떠났다. 의학박사로서 미시시피 오지

무너져 가는 미시시피의 집

로 들어간 앤 수녀님은, 그곳에 처음으로 정착한 의료
인이었다. 그곳 사람들을 만나면서, 사람들이 아픈 이
유가 허술한 집에서 전기와 수도 없이 살기 때문이라고
판단하고 집을 지어 주는 프로젝트를 시작했다. 의사의
진단서를 읽지 못하는 사람들을 위해 문맹퇴치 운동을
시작했고, 아빠 없이 혼자 아이들을 키우는 가난한 엄
마들이 일하는 동안 방치된 아이들을 위해 탁아 시설을
시작했다. 그리고 모든 음식을 튀겨 먹던 남부 노예들
의 풍습에서 온 식단이 건강 문제와 직결됨을 깨닫고는
식단 개선 프로그램도 시작했다. 내가 보기에도 그분
은 30년간 줄기차게 가쁜 숨을 내쉬며 일했는데, 앤 브
룩은 몇 년 전부터 조금씩 달라져 갔다. 자기는 점점 가
벼워지고 있다며, "머릿속이 점점 가벼워지는 걸 아느
냐"고 말하며 그저 웃었다. 나는 아직도 그 수녀님이 나
를 왜 그렇게 사랑해 주었는지, 또 왜 그렇게 기꺼이 자
신의 이야기를 들려주셨는지 잘 모른다. 그렇게 앤 브
룩은 알츠하이머를 앓으면서 조금씩 떠날 준비를 했고,
지금은 뉴욕의 요양원에 계신다.

옆 동네 존스타운에서 아이들을 돌보던 테레사 수녀

테레사 수녀를 기념하는 테레사 쉴즈 거리

는 난데없이 침입한 동네 정신질환자의 칼에 찔려 병원으로 옮겨졌다. 시애틀로 돌아가 휴양을 한 뒤 다시 돌아와 3년 동안 몬테소리 교육을 위한 준비 작업을 해놓고 떠났다. 무너져 내리는 가난한 거리에, 테레사 수녀가 일하던 보육원 앞길은 '테레사 쉴즈 거리'라는 이름이 붙여졌다. 그리고 이 거리와 만나는 또 다른 거리는 미국의 첫 흑인 대통령의 이름을 따 '버락 오바마 거리'라 명명되었다.

나는 이번 여행 중에 매일 학생들과 그날 하루를 성찰하며 나눔을 했는데, 가난의 처절함에 대해서는 차마 나눌 수 없었다. 그러나 예민한 학생들, 특히 흑인 학생들은 이 동네에서 즉각 감지되는 가난 앞에서 느꼈던 무력감과 분노를 이야기했다. 남부의 델타는 세계적 곡창 지대이고, 그 거대한 농지는 서부의 도시에 사는 우리 학생들에게는 놀라움 그 자체였다. 그러나 아직도 존재하는 인종차별의 벽, 그리고 이 너른 대지가 소수 백인들의 것이고 농촌에 사는 흑인들은 기본 생활권조차 누릴 수 없다는 사실에 맞닥뜨린 학생들은 마음이 무너지지 않을 수 없었다.

함께 춤추고 저녁을 먹었던 마지막 밤, 나는 특별히 가난한 이민자 가족인 히스패닉계 학생들과 흑인 학생들에게 "겸손한 인간이 되지 말고, 시건방진 젊은이가 되어라. 대신 건방진 것에 대한 책임을 지라"고 이야기했다. "너희들 나이 때는, 이따위로밖에 세상을 바꿀 수 없었냐고 기성세대를 욕할 수 있는 호방함으로 한껏 건방지게 굴어도 된다"고 이야기해 주었다.

이 광대하고도 텅 빈 미시시피의 시골에, 가난한 사람들의 땅은 한 치도 없다. 세상을 조금이나마 바꾸려 했던 사람들도 흘릴 땀을 다 흘린 뒤 다시 이곳을 떠났다. 나도 얼마나 더 이 미션을 학생들과 수행할 수 있을지 알 길이 없다. 다만 정말로 소중했던 것은, 우리가 서로를 얼마나 필요로 하며, 또 얼마나 사랑하는지를 이야기하고 느낄 수 있었다는 것이다. 그것으로 나는 나의 할 일을 다 했다고 생각한다. 그렇게 또 봄은 왔다. 목화가 피어날 광대한 이 땅에, 한 뼘 땅을 갖지 못한 가난한 자에게도 봄은 올 것이다. 우리가 사랑하는 한.

2019. 3

파스카 *의 신 비 앞 에 서

누구나 살면서 신비를 체험한다. 신비 체험이라 하면
우리는 무언가 초자연적인 기적을 생각하게 된다. 물
론 그런 것이 아니라고는 말할 수 없겠다. 하지만 그리
스도인들에게 신비란, 촘촘히 짜인 일상의 틀을 벗어
나 좀 더 크고 근본적인 것을 대면할 수 있는 시각을 얻
는 것, 혹은 그렇게 대면하는 일련의 과정이라 할 수 있

—

* 예수 그리스도의 부활을 기념하는 성주간의 토요일 밤. 보통 파스카 성야,
  부활 성야 등으로 일컫는다.

을 것이다. 그래서 마르코복음서에는 수난 당하는 메시아를 바로 알아보는 과정에 대한 상징으로서 맹인이 눈을 뜨는 기적 이야기가, 예수님이 자신의 수난을 예고하는 대목과 나란히 등장한다.

본다는 것은 주의를 요하는 일이다. 언젠가 한 동료가 청각장애를 지닌 아들 이야기를 들려준 적이 있다. 상대가 자기에게 주의를 기울이지 않으면 소통할 수 없는 그 아이는 항상 손으로 내 동료의 얼굴을 돌려 자기에게로 향하게 해 놓은 다음 수화를 한다고 했다. 그는 주의를 집중하는 것이야말로 신비의 첫걸음임을 재차 강조했다. 나는 종종 그 일화가 생각날 때마다, 주의를 집중하기 위해 고개를 돌릴 때 비로소 신비를 볼 수 있다는 소중한 진실을 떠올린다.

나는 이번 사순절의 영적 독서를 위해, 시몬 베이유 Simone Weil의 영성을 정리한 조그만 책 한 권을 골랐다.*

—

* Simone Weil, *Love in the Void: Where God Finds Us* (New York: Plough Publishing, 2018).

고통 속으로 의연히 걸어 들어간 그의 삶은 불꽃처럼 뜨겁고 너무도 화려해서 다가갈 엄두조차 내기 힘들지만, 다른 사람이 정리해 엮은 책이라 큰 부담은 없었던 것 같다. 읽어 내려갈수록, 자신의 삶에 대해 철저하게 질문하고 도전하는 한 젊은 여성의 모습이 존경스러웠다.

그런데 이번에 책을 읽으면서 그에 대해 새롭게 안 사실은, 그가 철저하게 '주의 기울임'에 천착했다는 점이었다. 학교 교사였던 그녀는, 그리스도인이 학습에 주의를 기울이는 것은 기도를 위한 유익한 훈련이 된다고 이야기한다. 얼마나 좋은 점수를 받느냐가 중요한 것이 아니라, 자신이 어디서 실패했고 또 어느 부분을 이해하지 못했는지를 알아 가는 것이 곧 기도의 연습이라는 것이다.

더 나아가—나는 바로 이 부분 때문에 그를 신비가라 부르는데—시몬은 보이지 않는 것, 잃어버린 것을 보는 행위를 '주의 기울임'이라고 보았다. 그리고 공장 노동자의 잃어버린 인격, 거리에 쓰러진 사람의 잘 보이지 않는 품격 같은 것이 우리가 주의를 기울여 보아야 하는 대상이라고 이야기한다. 그는 자신의 공장 체험을 통해 노동자가 얼마나 보이지 않는 사람들인지를 잘 알았기 때문이다. 그리고 그녀가 설명하는 또 하나의 중요한 핵심은, 우리가 하느님을 사랑하기 때문에 그의 숨은 인격을 보는 것이 아니라, 하느님을 통해 그것을 볼 수 있게 되는 것이라고 설명한다.

우리는 하느님에 대한 사랑의 표현으로 가난한 사람들을 찾아가고, 돈을 기부하기도 한다. 마치 조르주 루오Georges Rouault의 판화집《미제레레Miserere》에 등장하는 '천당을 예약하는 부잣집 마나님'처럼 말이다. 사순절이 되면 우리는 이런저런 결심을 한다. 주일학교 교사 시절, 나는 내가 가르치는 어린이들과 함께 약속을 하곤 했다. 금요일에는 고기를 먹지 않겠다거나 커피를 끊겠다거나 하는 약속들이었다. 그런데 수난 당하시는 예수님과 함께하겠다는 이런 약속들이 소중했던 것은, 행위 자체보다는 내가 그 어린이들과 함께할 수 있었고 그들 마음 안에 담긴 어떤 보물 같은 것을 보았기 때문이다. 그런 점에서 그 약속들은 내게 성사가 되었고, 거기서 하늘나라를 볼 수 있었던 것이다. 요즈음도 나는 여전히 우리 학생들이 초콜릿을 안 먹기로 했다, 소다를 안 마시기로 했다는 이야기를 듣는다. 과연 우리는 왜 그리고 무엇을 위해 이런 행위를 하는 것일까?

그러다 보니 벌써 절기를 지나 성주간의 신비 앞에 서 있는 나를 발견한다. 함께 이런저런 이야기를 나누던 친구가 자기네 본당 구역의 한 자매님이 한 말을 들려준다. "내 인생에 이제 몇 번이나 봄을 보겠습니까?" 우리는 갑자기 이야기를 멈추었다. 이제 내 인생에서 몇 번의 봄을 보낼 수 있을까? 이 말은 내게 마치 성사처럼, 봄에 대한 모든 기억을 소환했다. 어느 날 거짓말처럼 피어나던 목련, 그리고 "목련꽃 그늘 아래서 베르테르의 편질 읽노라"를 노래하던 봄날. 그리고 봄이면 어김없이 다가오던 성주간, 부활절 계란, 엠마오….

그러다 내 작은 일생에 늘 있어 왔던 이 성주간의 신비가 오늘 나에게는 무슨 의미를 던지는가 생각한다. 스승이자 연인이신 예수 그리스도가 이제 죽음과 부활의 신비 속으로 걸어가신다. 그리고 우리는 이 거룩한 주간에, 제자들과 마지막 식사를 나누며 발을 닦아 주시던 그분의 마음과 손길을 만날 것이다. 배반을 맛보시는 그분을 뵐 것이며, 고통 속에서 일생을 마감하시는 그 순간을 기릴 것이다. 그리고 신비로운 성토요일의 침묵. 인간으로서 삶을 마감하고 아직 부활하기 전의 그 빈 공간에서, 마치 꽃이 몽우리를 터뜨리듯 찾아오는 부활을 맞이할 것이다. 빈 무덤은 우리 삶의 궤적 속에 존재하는 부서짐과 무너짐과 처참한 균열이 가져다줄 역설적 풍요로의 새로운 초대일 것이다.

내가 매료된 마르코복음은 함부로 부활과 그 영광을 입에 담지 않는다. 부활의 의미를 제대로 보지 못해 두렵고 혼란스러운 제자들에게 주어지는 메시지는 단 하나, 갈릴래아로 돌아가면 거기에 그분이 계신다는 것이다. 신비는 분명 보이지 않는 것에 주의를 기울이는 데 있고, 주의를 기울인다는 것은 갈릴래아로 돌아가는 것이다. 갈릴래아에서 그들은 볼 것이다.

그렇다면 갈릴래아로 가서 무엇을 볼까? 예루살렘이 권력의 중심이라면 갈릴래아는 주변부다. 엘리트들이 모여 있는 곳이 아니라, 잘 보이지 않는 보통 사람들이 사는 곳이다. 그리고 그곳은 우리가 보통 사람으로서 걱정하고 화내고 실망하며 하루하루를 살아가다가,

문득 새로운 눈으로 세상을 보기 시작했던 곳이기도 하다. 그러니까 그곳은 희망이 없는 깜깜한 밤 속에서 지독한 희망을 긷고자 새로운 걸음을 떼는 곳이다.

나의 갈릴래아가 어디냐고 누군가 묻는다면, 나는 지체하지 않고 서울의 미아3동 성당 주일학교라 대답할 것이다. 거기서 내가 가르치는 어린이들과 떡볶이를 먹고 예수님을 이야기할 때, 하늘나라는 참 쉽고 재미있었고 또 단순했던 것 같다. 아이들과 함께 보이지 않는 이웃을 찾아가는 일은 내게 전혀 부자연스럽거나 억지스러운 일이 아니었다. 그때 나는 참 행복했다. 그리고 또 하나의 갈릴래아가 있는데, 바로 시애틀의 호수다. 나는 거기서 젊은이들의 부서진 꿈을 만났고, 교포들의 상처를 만났고, 나의 혼돈을 보았다. 한국 수도회에서 제명되는 아픔을 겪기도 했다. 그런데도 그곳이 나의 갈릴래아인 것은, 그 모든 것에도 불구하고 기뻐할 수밖에 없는 하늘나라의 생명을 거기서 보았기 때문이다.

우리는 살면서 꽤 여러 번 파스카의 신비에 맞닥뜨린다. 본다는 것은, 파스카 신비 속으로 들어간다는 것은 일상의 틀을 깨고 새로운 눈으로 새로운 지평에서 세상을 보는 일이다. 그리고 자기 영혼의 갈릴래아, 그 오래되고 낯선 곳으로 돌아가는 일이다.

2019. 4

"아 직 도 나 를 사 랑 하 느 냐 ?"

학기가 끝난 고즈넉한 주말 저녁, 내가 사는 아파트에
서 조촐한 기도 모임을 가졌다. 열린 창으로 불어 드는
바람이 싱그러웠다. 벌써 집으로 돌아간 학생들도 많
아, 적은 수의 친구들이 모였다. 재학생 두 명과 수련수
녀, 그리고 나와 절친한 베스 수녀, 이렇게 다섯이 둘러
앉아 요한복음서 21:15-19 말씀을 함께 묵상했다.

　혼자 기도할 때와는 다르게, 함께 앉아서 같은 말씀
속으로 들어간다는 사실이 갑자기 행복하게 느껴졌다.
익숙했던 일상의 공간이 별안간 울렁거리며 내 맘 깊
은 곳을 툭 치는 것 같았다. 나는 복음을 읽어 주며, "나

를 사랑하느냐"고 물으시는 예수와 그 질문에 답하는 베드로의 마음을 함께 느껴 보자고 초대했다. 나는 "상상 속에서 예수님이 되어 보아도 좋겠고, 베드로가 되어 보아도 좋을 것이고, 또 그저 그 장면을 지나가는 바람이 되어도 좋겠다"고 제안했다. 그러고는 나도 눈을 감았다.

이것은 부활하신 주님이 제자들에게 나타나셔서 숯불에 생선을 구워 아침을 차려 주시는 이야기 다음에 이어지는 매우 유명한 장면이다. 여기서 예수님은 특별히 베드로에게 세 번이나 그분을 향한 사랑을 물으신다. 이 베드로는 누구보다 주님을 사랑해서 끝까지 주님과 함께할 것을 자신했지만 결국 세 번이나 주님을 모른다고 부인해야 했던, 참으로 슬픈 사나이였다.

우리말 성서로 읽으면 예수님이 계속 동일하게 '네가 나를 사랑하느냐'고 묻고 계시는 것 같지만, 그리스어로 읽으면 '사랑'을 뜻하는 용어의 표현이 달라지는 것을 알 수 있다. 처음 질문하실 때 그분이 사용하시는 표현은 '아가페*apage*'인데, 아가페는 자기를 내어 놓는 헌신적인 사랑을 말한다. 이 질문에 대해 베드로는 형제적 사랑을 의미하는 '필레오'*phileo*의 사랑으로 그분을 사랑한다고 대답한다. 그러자 예수님은 두 번째로 '아가페'를 사용해 질문하시고, 베드로는 여전히 형제적 사랑으로 당신을 사랑한다고 고백한다. 그러자 마지막 질문에서는 베드로가 응답한 그 단어를 쓰시면서 '네가 나를 형제적 사랑으로 사랑하느냐'고 물으신다. 베드로는 슬퍼하고 근심하면서, 자신이 주님을 '형제로서 사랑하는 것을 당신이 잘 알고 계십니다'라고 대답한다.

이 구절을 읽다 보면 예수님이 과연 우리에게 아가페 사랑을 원하시는 걸까 궁금증이 드는데, 아마도 그건 아닐 것 같다. 주님이 우리를 아가페로 사랑하실 뿐, 우리가 주님을 사랑하는 데 아가페적이기는 아마 불가능하지 않을까 싶다. 우리가 잘 알다시피 요한복음서는 친구의 우정을 강조하는 책이다. 나는 예수님의 이 질문에서 무언가를 돌아보게 하려는 의도가 느껴진다. 갈릴래아에서 그분을 만나 함께 이야기 나누고 그분을 알아 가던, 그분과 함께여서 두렵지 않았던, 그 시절의 꿈들과 그분과의 우정을 말이다. 그래서 베드로에

갈릴래아 호숫가 성 베드로 성당에 있는 그림.
홀로 배를 젓는 베드로의 인간적인 외로움과,
주님과의 우정을 지키려는 의지가 느껴져서 이 그림을 많이 좋아했다.

게 이렇게 다정하게 묻고 계시는 것 같다. '너는 나와
의 우정이 아직도 설레고 따뜻하니? 그래서 이제는 끝
까지 잡은 손을 놓지 않을 거니?'

나는 살면서 이 말씀을 참 많이 묵상했다. 청년 시절
에는, 주로 '나를 사랑하느냐'는 달콤하고 낭만적인 그
분의 질문을 묵상했던 것 같다. 내가 평생 따르고 싶은
그분이 당신을 사랑하느냐고 건네는 그 질문은, 나를
먼저 사랑하고 계신다는 그분의 마음을 담보로 던지시
는 질문이라고 느꼈기에, 듣기만 해도 마음이 설렜다.
그래서인지 그때는 이 구절을 대할 때면 늘 이 질문만
크게 다가왔다.

그리고 마흔을 맞던 해, 처음으로 그다음에 이어지
는 말씀이 충격적으로 다가왔다. "네가 젊었을 때에는
스스로 허리띠를 매고 원하는 곳으로 다녔다. 그러나
늙어서는 네가 두 팔을 벌리면 다른 이들이 너에게 허
리띠를 매어 주고서, 네가 원하지 않는 곳으로 데려갈
것이다." 이름은 기억나지 않지만, 이 구절을 제2의 부
르심으로 해석하며 이것은 인생의 가을에 새롭게 주어
지는 또 다른 소명을 뜻한다고 했던 어떤 영성학자의

말이 생각난다. 그는 이 시기가 수동성을 요구하고 어두움 안에서 의미를 찾아가는 때라고 했다. 성령께서 내가 원하는, 혹은 익숙한 삶의 자리로부터 나를 어딘가 다른 곳으로 끌고 갈 것이라는 그 말씀이 무척 두려웠고, 또 한편으로는 설레기도 했던 것 같다. 그 후 나는 한국 수도원에서 제명되는 아픔을 겪었고, 삶의 방향이 크게 바뀌었으며, 내가 모르던 새로운 자신의 모습을 익혀 가야 했다. 카를 융은 이 시기를 두고, 자신의 아니무스와 아니마가 만나는 때라고 표현하기도 하고 내면에 눌려 있던 여성성/남성성이 올라오는 때라고도 했다. 또 십자가의 성 요한은 영혼의 밤을 이야기하면서, 능동적 기도와 삶의 태도가 수동성으로 옮겨 갈 때 영혼이 하느님과의 일치로 나아간다고 가르쳤다.

그런 시기를 모두 통과하고 난 연후에 다시 이 말씀을 묵상할 때면, 나는 늘 이 '나이를 먹으면'으로 시작하는 구절에 많이 머물렀다. 이제는 '나를 사랑하느냐'는 질문이 그다지 설레지도 않는 것 같아서.

그런데 오늘 저녁, 우연히 다시 '나를 사랑하느냐'는

갈릴래아 호수

그 말씀에 머무르게 되었다. 물론 나는 주님이 내 사랑이 아가페의 사랑이냐고 묻지 않으시리라는 것쯤은 잘 안다. 그분은 조용히 당신을 친구로서 사랑하느냐고 물으실 것이다. 그런데 기도를 하던 중 상상 속의 예수님을 바라보다가 깜짝 놀라고 말았다. 나는 주님이 내가 젊은 시절에 사랑에 빠졌던 그 젊은 예수님이실 줄 알았는데, 그분은 더 이상 젊지 않았다. 건강해 보이시긴 했는데, 그분도 나처럼 늙어 가시는 주님이셨던 것이다. 정말 처음으로 늙고도 아름다운 어떤 존재를 관상했다. 그리고 그분은 내게 "너는 아직도 나를 사랑하느냐"고 물으셨다. 문득 이십여 년 전 나를 위해 기도해 주신 한 조각가 수녀님이 적어 주셨던 말씀이 떠올랐다.

하늘이 푸릅니다. 주님을 바라보는 나무가 있습니다.…언젠가 가지가 찢어지는 아픔이 오더라도, 그때마다 예수님께 사랑한다고 말씀드리세요.

내 영혼은 그간 찢어지는 아픔을 겪었고, 꽃을 피우

는 고독을 만나기도 했다. 그렇게 나이를 먹으면서 언제부턴가 사랑한다는 말이 싱겁게 느껴지기 시작했던 것도 사실이다. 하지만 기도 모임이 끝나고 모두 떠난 뒤 홀로 깨어 있는 이 시간, 오늘만큼은 '네, 주님, 아직도 사랑해요'라고 말씀드리고 싶다.

그리고 그 관계 속에서 사명이 주어진다. 새로운 사명을 받는다면(혹은 어떤 사명도 받지 않는 것 자체가 사명일 수도 있을 것이다) 그것이 무엇이고 그곳이 어디든 훌쩍 떠날 수 있는(혹은 어디로도 떠날 수 없는) 그런 깊은 자유를 생각한다. 낯선 것을 향해 떠나거나 머무르는 마음은 결국 때를 아는 지혜이며, 자신을 비우는 용기일 것이다. 사랑하는 학생들을 떠나야 할 때를 식별하고, 그때가 오면 가볍게 훌훌 떠나는 지혜. 떠나보내야 하는 것이 무엇인지, 또 새롭게 맞이해야 하는 것이 무엇인지 아는 지혜. 그리고 나보다 나은 다음 세대에게 자리를 내어 주고 축복하며 떠날 수 있는, 그렇게 '아직도 그분을 사랑하는' 마음을 열심히 배우고 싶다.

2019. 5

여름

1

좋아하는 시인의
새 노래를 듣는 일처럼

해마다 유월 첫 주에는 미국 가톨릭신학회가 열리는
데, 올해는 펜실베이니아 주 피츠버그에서 했다. 우연
히 같은 비행기에 탄 동료 교수와 이런저런 이야기를
나누었는데, 개인적으로 이번 학회가 예상 외로 너무
좋은 시간이었다고 그가 말했다. 그는 인문학이 점점
위축되고 미국의 지성을 주도해 온 많은 가톨릭 대학
이 재정난에 허덕이며 생존 가능성을 고민하는 현 시
점에서, 신학을 한다는 것이 무엇인지를 새삼 깊이 생
각하는 계기가 되었다고 했다.

이번 학회의 주제는 "또 다른 세상은 가능하다: 폭력, 저항, 변화"였다. 특히 세상에서뿐 아니라 교회 안의 폭력에 대해서도 정직하게 신학적 질문을 던져 성찰하는 자리였다. 교회의 섹스 스캔들과 미투 운동, 수도 생활의 위기, 폭력에 내몰린 많은 사람들, 가난 등 불편한 주제들을 비교적 대담하게 토론했고, '저항하는 영성'을 교회에 제시하는 동시에 그것을 살아내야 하는 신학자의 과제에 대해 진지하게 고민했다. 가톨릭 신학은 그것을 담아내는 언어와 구조, 소통 방식이 남성 중심적이어서 답답한 면이 있는 것도 사실이지만, 그런 가운데서도 새로운 신학을 시도하는 소수 그룹들의 연구가 신선한 충격을 준다.

고정된 틀만 고수하는 신학은 단순한 지식의 반복과 재생산에만 머물게 된다. 꿈과 상상력을 동원하지 않으면, 신학은 마음도 세상도 담지 못하고 껍데기로 전락할 뿐이다. 세상에 대한 꿈이 담긴 따스하고 넉넉한 상상력으로 새 하늘과 새 땅을 바라보며, 그 세상을 향해 걸어가자고 초대하는 그런 신학을 하고 싶다는 생각을 해 본다.

이렇게 일 년에 한 번씩 만나 교회 안에서 신학 하는 친구들의 살아온 이야기를 들으며 함께 늙어 감을 확인하고, 프로젝트를 계획하기도 하고, 각자의 학문적 관심을 함께 나누는 시간은 내게 너무나 소중하다. 몇 년 전부터 나는 대중문화와 대화를 시도하는 그룹을 만들어 친구들과 연구를 시작했다. 진정한 가톨릭의 의미를 영화, 음식, 음악 같은 대중문화와의 대화를 통해 찾아보려는 시도인데, 이 시간을 통해 동료들의 진지하고 진솔한 마음속 갈망을 들을 수 있어 행복했다.

지구화되어 가는 세상에서의 '한(恨)'을 한국인 신학자보다 훨씬 진지하게 연구하는 케빈, 잘난 체하는 일 없이 차분하게 주교회의 문서를 쓰는 프란치스코 수도회원 린 수사, 영화를 만들면서 신학을 하는 필리핀 출신 톤 수사. 이렇게 우리는 한 팀이 되어 내년의 주제와 연구 방향을 정했다. 이런 시도를 하는 의도는 우리가 하는 신학이 말장난이 되지 않도록 새로운 가톨릭 정신을 세상 속에서 찾아보자는 것인데, 가톨릭 신학계에선 아직 설익은 소리로 들릴 것이다. 이 작업이 왜 그렇게도 나를 행복하게 하는지 가만히 따져 보니, 주님께 새로운 노래를 불러 드리고자 하는 시편 작가의 마음이 내게도 있기 때문인 것 같다.

빡빡한 일정 속에서 약간의 여유가 생겨, 평소 친하게 지내는 후배와 슬쩍 빠져나와 앤디 워홀 박물관을 찾아갔다. 상업주의 미술을 대표하는 그의 작품을 보다가, 그가 추구한 작품들이 그가 다니던 성당의 성화에서 아이디어를 얻은 것이라는 설명을 읽고 깜짝 놀랐다. 유럽에서 건너온 가난한 가톨릭 이민자 가정에서 태어난 그는, 무척 가난하게 살면서 십여 년간 하루도 빠놓지 않고 미국에서 가장 싼 캠벨 수프Campbell Soup를 먹었다고 한다. 그런데도 그의 작품에서는 웃음과 애정과 따스함이 진하게 느껴진다. 가장 미국적인 음식, 가난한 사람들의 양식이었던 수프를 그린 그의 그림은, 어쩌면 오늘을 사는 우리에게 참된 성찬의 의미가 무엇인지 묻고 있는 것이 아닐까.

그의 어머니 줄리아는 만화 같은 경쾌한 그림들을 자녀들에게 그려 주었다. 고양이들을 그린 그녀의 그림을 보니, 가난해도 사랑이 넘치는 성가정의 정겨움이 묻어난다. 세상 속에서 가톨릭 정신을 찾던 나에게 앤디 워홀의 작품들은 가톨릭 정신 안으로 걸어 들어가는 성화처럼 느껴졌다. 그것은 마치 이스탄불의 코라 성당에서 만난 성화들이 거룩함과 평화의 세계로 나를 이끌던 그 느낌과 비슷한 것이었다. 가난한 가톨릭 가정의 소박함과 단순함이 배어 있는 줄리아의 그림, 그리고 앤디 워홀의 초기 작품들을 보며 세상 속에서 하는 신학이 어떤 울림을 주어야 하는지 알 것 같았다.

성령강림 대축일 아침, 학회를 마치고 동료들과 거리로 걸어 나오니 온통 게이 퍼레이드와 축제 분위기로 술렁이고 있었다. 동성애자들이 자신의 인권을 찾기 위해 투쟁했던 스톤월 저항 50주년을 맞아 게이 퍼레이드가 특별히 더 성대하게 진행되고 있었다. 내게 무척 인상적이었던 것은, 이 퍼레이드가 단순히 동성애자들만의 축제가 아니라 모든 종류의 다름을 축하하는 공동체의 잔치로 진행된다는 점이었다. 유모차를 끌고 나온 엄마들도 많이 보이고, 어린이들과 심지어 강아지들까지 함께 재미있게 단장하고 거리를 활보했다.

성령께서 우리에게 오시던 날, 로마 제국의 변방 예

루살렘에 모인 모든 사람은 다름이 주는 축복과 풍성함, 그리고 그 안에서 움직이시는 성령 안에서 하나됨을 경험했다. 그리고 그 하나됨의 기억은 오늘도 여전히 교회를 건설하는 힘이 된다. 그래서 21세기를 사는 나는 성령강림 대축일에 피츠버그의 거리를 걸으면서, 각자의 다름이 얼마나 아름답고 또 존중받아야 하는지를 이야기하는 사람들을 즐겁게 바라보았다. 각자의 의견과 생각, 인종과 성, 그 모든 것이 있는 그대로 받아들여지는 것─그것이 성령의 강림이며, 늘 새로워지는 교회의 언어이며, 함께 부르는 노래라고 이야기할 수 있지 않을까?

데면데면했던 내 영혼에 갑자기 다가온 성령강림절의 설렘과 감동에 어리둥절해지는 밤, 집에 돌아가는 공항 구석에 앉아 기도한다. 일상을 살면서 나와 다른 감성과 생각을 가진 사람을 만날 때, 그들의 이야기를 마치 좋아하는 시인의 새 노래를 듣는 것처럼 감동하면서 들을 수 있는 은혜를 내려 달라고. 누군가가 건네는 서툴고 거친 말 속에 숨겨진 진심을 찾아내서 들을 수 있는 정다운 귀를 달라고. 그리고 또 이제야 나는

성령강림 대축일에 있었던 게이 퍼레이드.
수십만 명이 하나 되어 다양성과 하나됨을 위한 축제를 벌였다.

깨닫는다. 이번 성령강림 대축일에도, 굼뜨기만 한 내 마음에 그분이 다가와 내 영혼을 만지셨음을. 아! 하느님의 백성인 교회가 태어난 사건을 기념하는 성령강림 대축일의 그 축복을 감히 가벼이 여기고 있었음을. 그래서 다시 고백한다.

> 오소서, 성령님.
> 당신의 빛, 그 빛살을 하늘에서 내리소서.
> 가난한 이의 아버지, 은총의 주님,
> 오시어 마음에 빛을 주소서.
> 가장 좋은 위로자,
> 영혼의 기쁜 손님.

2019. 6

내 고장 7월은

해마다 7월이면 햇볕은 뜨거워지고, 나는 반가운 사람들을 만나는 축제를 지낸다. 오랜 친구들과 사는 이야기, 늙어 가는 이야기를 나누고, 새롭게 만난 사람들이 그들의 꿈과 신념에 대해 나누는 이야기를 즐겁게 듣는다. 삶의 자리에서 혼돈에 빠진 젊은이의 이야기도 듣고, 아픔 속에서 견디기를 배우고 있는 고요한 수도자의 팍팍한 기도 이야기도 듣는다.

어쩌다 약속 시간보다 조금 일찍 나가게 되는 날이면, 서점에 가서 어떤 책이 나와 있는지 구경하는 즐거움을 누린다. 최근 죽음에 관한 책과 도시에 관한 책들이 많이 눈에 띄기에, 왜 우리 사회는 죽음과 도시에 큰 관심을 갖게 되었을까 생각해 보았다. 지구화되어 가는 세상은 도시를 중심으로 재구성되고, 그런 도시의 삶을 역설적으로 죽음을 통해 생각해 보는 것은 아닐까? 다른 면에서 그것은 환경 문제, 온난화 문제, 지독한 가난의 문제로 막다른 길에 선 우리가 진정성 있게 생명을 생각하는 작업이 아닐까?

초대 교회 역시 도시를 중심으로 발달했다. 어떤 학자의 연구에 의하면 초기 기독교는 인구가 밀집한 고대 도시의 가난한 사람들을 통해 급속히 성장했다고 한다. 도시에서의 삶, 특히 가난한 사람들의 삶에 무엇보다 절실했을 공동체, 특히 빵을 나누는 공동체는 기독교가 퍼져 나가는 핵심적인 토양이 되었을 것이다.

예수님이 꿈꾸셨던 공동체가 오늘 우리 현실 가운데 재현된다면 과연 어떤 모습일까? 많은 사람들이 요즘에는 공동체를 이루어 살기가 어렵다고 이야기한다. 생활의 속도가 빨라지고 활동 범위는 개인적이다. 개인적으로 정보와 지식을 소유하는 사회, 개인적으로 모든 것을 고민하고 해결하는 사회에서, 공동체적

지향을 어떻게 살아내야 하는지 그 답은 아직 모르겠다. 하지만 공동체를 향한 인간의 꿈이 테이야르 드 샤르댕Teilhard De Chardin이 말하는 오메가 포인트, 즉 궁극의 종착점을 향해 진화하리라고 기대한다.

최근 내가 발견한 현상은, 서로 얼굴을 붉히며 비판하더라도 결국에는 화해하고 앞으로 나아가는 공동체가 드물다는 점이다. 교회 안에서도 서로 반성하고 고쳐 나가는 통로가 없으면, 마치 물이 빠져나가듯 구성원들이 하나둘 조용히 떠나간다. 그래서 우리에게 주어진 중요한 과제는 서로 동의하지 않으면서도 사랑하는 법을 배우는 것이 아닐까 생각해 본다.

그럼에도 사람들은 여전히 다양한 형태의 공동체를 이루며 살아간다. 사이버 공간의 공동체를 통해 새로운 아이디어를 찾기도 하고, 전혀 알지 못했던 새로운 그룹인데도 유쾌한 대화를 나누다 보면 오랜 친구를 만나는 것처럼 반갑기도 하다. 또한 똑똑한 컴퓨터는 알고리즘을 통해 우리 정체성을 규정해 준다. 나 같은 경우는 그 알고리즘에 의해 복음주의자가 되기도 하고, 페미니스트가 되기도 한다. 하지만 중요한 것은,

○

서로에게 손을 내밀고 있는 사람들.
서울 옥인동 골목길 계단에서 발견했다.

그런 규정된 틀을 넘어 정보와 관계의 그물망을 통해 깊이 있는 인간이 되어 가는 것일 테다.

신앙인으로서 도시에 산다는 것은 어떤 의미일까? '도시의 신앙' 하면 아우구스티누스의 《하느님의 도성》과 하비 콕스Harvey Cox의 《세속 도시 *The Secular City*》가 떠오르는데, 모두 자기의 시대 안에서 도시를 신앙적으로 읽어 냈다는 점에서 흥미롭다. 그러면서 문득, 나도 내가 사는 지구화된 도시라는 공간에서 예수님의 가르침을 살고 싶다는 생각이 든다. 내가 경험한 이탈리아의 에지디오 공동체는 세속 도시 영성을 가르치는 공간이었는데, 어느 평일 저녁에 수많은 신자가 성무일도를 바치고 봉사하는 모습에 큰 충격을 받은 기억이 있다. 도시에서 나고 자란 내게, 도시에서의 신앙과 공동체적 삶은 두고두고 풀어 가야 할 숙제인 듯하다.

무엇보다 현대의 도시 공동체는, 인종, 문화, 언어, 세대와 같은 온갖 종류의 다양함에 열려 있다. 우리는 서로 다르다는 것에 편안해져야 할 것 같다. 그리고 그 안에서 인간으로서 겪는 공통된 아픔과 외로움에 주목해야 할 것 같다. 잘 계획된 도시에서 가난한 사람들은 잘 보이지 않기 때문이다. 그래서 나는 아파트와 아파트 사이에 아직 개발되지 않은 집들이 남아 있는 골목길이나, 대형 마트 옆에 있는 재래시장 같은 곳을 사랑한다. 그런 곳에서는 훅 하고 풍겨오는 사람 냄새, 그리고 운 좋은 날에는 흙냄새 같은 것도 맡을 수 있다. 초등학교 앞 엉성한 문구점, 골목길에 누군가가 휘갈긴 낙서, 계단에 그린 투박한 그림들. 그런 것들에서 나는 도시만이 주는 영성적 느낌을 만난다. 동네 커피숍에 옹기종기 모여 앉은 외국인 노동자들의 웃음 속에서도 21세기 공동체가 아름답게 피어나고 있다. 도시 한가운데 있는 이런 자연스러운 공간에서 복음의 느낌, 가톨릭의 마음이 피어나는 것 같다.

이번 여름에 많은 사람들을 만났는데, 그중에서 특히 깊은 감명을 준 한 분은 여성 난민들과 공동체를 꾸린 한 젊은 여성이었다. 그는 자신이 썼다며 《난민, 왜 목숨 걸고 국경을 넘을까?》(박진숙, 풀빛)라는 예쁜 책을 건네주었다. 눈을 반짝이며 "제게는 제가 하는 이 일이 교회예요"라고 하던 그의 말은 아직도 마음에 얼얼한 감동으로 남아 있다.

시인 이육사는 〈청포도〉라는 시에서 "내가 바라는 손님은 고달픈 몸으로 청포를 입고 찾아온다고 했으니"라고 노래했다. 그가 바라는 손님은 우리의 해방이었다고 나는 생각하는데, 오늘 이 도시 공간에서 내가 바라는 손님은 과연 누구일까 생각해 본다. 고달픈 몸으로 나를 찾아오는 그 손님은 누구일까. 내 눈에 익숙하지 않은, 그러나 열심히 이 도시에서 하느님 나라를 건설하고 있는 사람들일까? 혹은 낯선 나라에서 힘들게 살아가는 이방인들, 의미를 깅기 힘든 일상을 묵묵히 견디며 그리스도를 따르는 어느 익명의 신앙인일까? 도시의 골목마다 사람 냄새 물씬 나는 흔적을 남기는 낙서꾼들일까?

　　시인처럼 내 손을 흠뻑 적셔 씻어 내올 청포도도, 모시 수건도, 은쟁반도 없지만, 그저 그분들이 땀을 훔칠 예쁜 손수건을 한 장씩 선물하고 싶어지는 날이다. 청포도가 알알이 열린다는 7월이니까.

2019. 7

8월의 초록은

빗소리가 세상의 모든 소음을 삼키고, 내가 머무르는
홍제동 낡은 집 창밖엔 커다란 잎들이 초록이란 바로
이런 거라고 가르쳐 주겠다는 듯 온몸을 흔들어 대는
밤이다. 온통 초록이었던 이 무덥고 치열했던 8월에
내가 건져 올린 삶의 기쁨들을 하나하나 떠올려 본다.
내일이면 나는 또 짐을 챙기고 공항 구석에서, 그러니
까 여기와 저기 사이의 틈새 공간에서 혼자만의 시간
을 누릴 것이다. 그러고는 미국으로 돌아가 새 학기 속
으로 뛰어들어야 할 것이다. 그리고 방학 동안 어디론
가 떠났던 동료 교수들을 다시 만나 서로가 지낸 여름

에 대한 이야기를 나눌 것이다.

　아직 정확히 무슨 의미인지는 알 수 없으나, 이번 여름에 만난 일상의 편린들은 제주 서문시장에 누운 갈치처럼 반짝이며 내게 기쁨을 준다. 오늘 밤 주룩주룩 내리는 장대비처럼 시원하게, 내 생에 생기를 제공한다. 이 생기는 언젠가 일상의 지친 시간표 위에 내려 앉아 뜨거웠던 여름의 기억들이 간직한 의미를 되찾아 줄 것이다. 존 듀이John Dewey는 아름다움 혹은 미학은 어떤 대상이나 기억, 경험 등이 생에 의미를 줄 때 생겨나는 것이라 주장했는데, 나는 이 실용주의적 사고에 공감한다. 오래된 벗의 다정한 눈길, 가난 속에서도 빛을 잃지 않는 사람들이 들려주는 이야기들이 내 마음의 결을 바꾸고 어떤 의미를 탄생시키는 순간을 너무도 자주 경험하기 때문이다. 이번 여름의 푸르렀던 8월도 내게는 그러했다.

　이번 여름 내 마음에 가장 깊이 남아 있는 시간은 베트남 호찌민에서 보낸 보름이다. 창문을 열지 못할 만큼 더운 날씨에, 아침마다 미사를 드리러 나설 때면 제 멋대로 자란 초록빛 나무들이 나를 압도했다. 나무가 다치지 않도록 집이나 건물을 짓는 경향 때문인지, 내 눈에 비친 호찌민의 거리는 다소 정리가 되지 않은 느 낌이었다.

그곳에서 나는 신학 과정을 공부하는 예수회원들을 대상으로 〈인간: 섹슈얼리티〉라는 수업을 진행했다. 매일 아침 8시에 모여 세 시간 동안 성 정체성과 심리 적·성적 발달 단계, 동성애와 트랜스젠더, 사제들의 아동 성학대 등의 주제에 대해 함께 공부했다. 처음 내 게 이 수업을 부탁해 온 학장에게 "내가 가르치면 학생 들이 위험할 수도 있는데 괜찮겠느냐"고 농담을 했는 데, 막상 학생들은 한 번도 성에 대해 공부하거나 이야 기해 본 적이 없었다며 진지하게 수업에 임했다.

수업에서 우리는 섹슈얼리티에 대한 기존 담론들을 비판하고, 자신의 성을 돌아보며 서로 나누고, 생각을 쓰고, 어떤 질문이든 진지하게 다루었다. 특히 '서구의 식민을 경험한 아시아 남성의 몸은, 결국 여성의 몸과 같은 위치에 있는 것으로 여겨진다'는 현실, '동성애는 인권의 문제' 등의 주제로 토론을 할 때는, 세 시간을 훌쩍 넘기고 늦게 점심을 먹기도 했다. 영어로 수업하는 것은 단지 소통을 위한 것일 뿐이니, 영어를 못한다고 기죽지 않기로 서로 약속했다. 그래서 영어를 잘하지 못하는 학생은 베트남어로 이야기하고 다른 학생이 통역을 해 주기도 했다.

마지막 수업이 있던 날, 영어를 꽤 잘하는 축이었던 한 학생이 가정에서 겪은 폭력을 이야기하다 갑자기 눈물을 흘렸다. 그러고는 베트남어로 자신의 경험을 한참 동안 이야기했다. 모국어, 온전히 자기를 확인하게 해 주는 기적 같은 말. 그 말을 알아듣지 못하고 더듬더듬한 통역을 들으면서도, 그의 마음이 느껴져 나도 같이 눈물을 흘렸다. 그러니까 그의 모국어를 나는 한국어로 듣고 있었던 것이다. 수업을 마치고 내려오면서, 성령 강림이 있던 그날 외국에서 온 사람들이 저마다 자신들의 언어로 신자들의 증언을 알아들었다는 성경 구절(사도행전 2장)이 기억났다. 그리고 다시 한 번 나는 깨달았다. 성령강림이란 내가 알아들을 수 없는 외국어를, 나에게 온 존재감을 주는 나의 모국어로 듣는 순간임을. 그래서 강한 나라의 언어와 약한 나라의 언어가 서로 같은 높이에 서는 그런 사랑의 순간임을.

호찌민의 예수회 수련소 건물.
초록빛의 선(禪)과 기도, 그리고 시가 배어 있는 공간

이 열닷새 동안 나는 정말 행복했다. 아마도 그 행복은, 예수님과 함께 일생을 살겠다는 이 젊은이들이 매일 적어 보내는 질문들 앞에서 내 삶을 돌아보고 또 솔직한 답변을 보내는 가운데, 감정적 친밀함이 싹트면서 시작되었을 것이다. 그들은 젊은 남성으로서 겪는 많은 혼란과 문제들을 적어 보내 주었고, 나의 정결은 어떤 것이며 또 수도자로 살면서 사랑에 빠져 보았는지 등에 대해 진지하게 묻기도 했다. 어떤 수사는 수업에서 내가 한 말의 의미를 다시 묻기도 하고, 자신의 깊이 있는 성찰을 나누기도 했다. 매일 비가 정신없이 쏟아지고 날은 무더운데, 이 낯선 열대의 나라에서 살아가는 젊은이들의 아픔과 상처받기 쉬운 연약함과 용기를 마주하며 어느덧 내 마음속에 시작된 그 하늘나라로 인해 현기증을 느낄 수밖에 없었다.

점심을 먹고 나면, 우리는 성당에 함께 올라가 의식성찰을 했다. 나는 학생들에게 무엇을 성찰하는지 물었는데, 대부분의 학생 수사들은 현재에 머물면서 자신의 마음을 잠깐 들여다본다고 이야기해 주었다. 그들의 훌륭한 답변에 마음이 참 흡족했다. 우리는 함께

호찌민시 박물관.
밖과 안, 그리고 나무와 건물이 조화를 이루어
평화로운 느낌을 주는 모습이 인상적이었다.

설거지를 하면서 이런저런 수다를 떨고, 마치면 한 시간가량 오수를 즐겼다. 처음에 나는 낮잠을 안 자는 사람이라고 했는데 웬걸, 둘째 날부터는 이 낮잠 시간이 너무나 좋았다. 잠을 자고 나면 거짓말처럼 다시 기운이 회복되었다. 그러면 나는 곧장 줄리아 수녀와 함께 밖으로 나가 거리를 걷고, 길에서 어김없이 베트남 쌀국수를 사 먹었고, 카페에 들러 학생 수사님들이 제출한 숙제를 읽고 의견을 적어 주었다.

수업 준비는, 더위 때문에 너무 힘들어서 일찍 자고 새벽에 일어나서 했다. 문득, 한국에서 수련 시절 마르코복음을 공부하다 강의가 너무 좋아서 하루 종일 마음이 둥둥 떠 다녔던 기억이 떠올랐다. 구름 위의 산책 같았던 그때의 그 행복감이 다시금 나를 찾아온 듯했기 때문이다. 어디서 오는지 모르는 이 행복감을 어찌할 수 없어, 그냥 팔을 벌리고 이 도시의 골목골목을 걸어다녔다.

첫 주말에는 학생들과 시내의 CGV 극장에서 영화 〈기생충〉을 보았다. 영화를 보고 난 뒤 이런저런 이야기를 나누었는데, 특히 냄새가 가지는 상징과 빈부 격

차의 문제를 두고 한참을 토론했다. 그러다 한 수사가
"누가 누구에게 기생하는 걸까요?"라는 질문을 던지
며, 오히려 가진 자가 가지지 못한 자에게 기생하고 있
는 것 아니냐고 말했다. 한국 영화를 함께 본다는 것이
내게는 꽤 감동적이었지만, 베트남 사회에서 한국이
뜻하는 바는 결국 자본가, 가진 자, 누리는 자일 수밖에
없기에 괜히 미안해졌다. 내가 깊이 사랑하게 된 이 학
생들의 나라, 예수님을 깊이 사랑하고 따르는 이 젊은
이들이 사는 나라, 농촌의 노총각에게 팔려가듯 한국
으로 시집가는 시골 아가씨들이 여전히 많은 나라, 그
래서 우리나라 사람들과 사돈이 된 이들이 많이 살고
있는 이 나라. 조금은 미안한 마음, 조금은 측은한 마음
으로, 그러나 겉으로는 시시덕거리며 그들과 숙소로
돌아왔다.

수업을 마무리한 주말, 우리 반 학생들과 마지막 만
찬을 위해 시내로 나갔다. 소나기 속에 우비를 입고, 오
토바이 뒷자리에 앉아 진초록 나무를 흔들어 대는 바
람을 가르며 그들이 좋아하는 식당으로 갔다. 그들과
함께 간 국숫집은 왠지 더 재미있고 음식도 맛있었다.

별것 아닌 이야기로 깔깔대며 식사를 마친 뒤, 그들이 고른 '로맨틱한' 카페에서 내년에도 꼭 이 카페에서 다시 모이기로 약속했다. 예수회를 떠나 캐나다 토론토 교구로 가는 마틴을 제외하고, 모두 성소를 잘 지키고 있다가 다시 만나자고 했다.

호찌민의 거리는 진짜 시끄럽다. 모두들 오토바이를 타고 다녀 도통 정신을 차릴 수가 없고, 나무들은 여기저기서 삐죽삐죽 자라고 있다. 그런데 조그만 골목에만 들어가면 거짓말처럼 조용하고 나무로 둘러싸인 매우 시적인 공간이 나타난다. 사람들은 조용하고 말이 없다. 나도 왠지 조용히 걷게 되는 이 골목길을 다니면서, 내면이 고요한 사람들에 대해 생각했다.

성령강림은 무척 시끌벅적한 호찌민의 거리 같지만, 실은 이 골목길 같은 내면의 사건이다. 내가 만난 젊은이들의 마음속에 자리한 '복음'과 '헌신' 그리고 가난이 남긴 '슬픔'은 아직도 내 마음을 울린다. 그리고 그 아름다움은 호찌민의 골목길을 많이 닮았다. 나는 아직 이 감동을 이후 수업에서 만날 미국의 학생들과 어떻게 나눌 수 있을지 알지 못한다. 아니, 어쩌면 그냥 내 마음속에만 남아 있을지도 모른다. 하지만 그들의 이야기는 내 마음에 초록색 아름다움으로 깊이 새겨졌다. 너무도 황홀한 아름다움으로.

2019. 8

미 제 레 레 :
난민이 되어 걸어오시다

여름이 되면 한 달가량' 한국에 머무른다. 여름방학이
석 달쯤 되는 미국 대학 시스템에서, 내게 여름은 살고
있는 공간을 떠나 연구도 하고 쉬기도 하며 자기 충전
을 하는 특별한 시간이다. 한국에 머무르는 이 한 달여
의 기간은, 연구 주제를 찾을 뿐 아니라 일 년을 두고
성찰할 주제들을 만나는 시간이기도 하다. 시장이나
거리에서, 혹은 동네 찻집에서 친구들과 나누는 대화
속에서 누군가가 내게 던지는 의미와 질문들은 천천히
내 안에서 기도가 되고 또 영적 숙제가 될 것이다. 그래

서 이 여름에 날씨가 덥다거나 공기가 나쁘다거나 하는 것은 그다지 문제가 되지 않는다. 물론 이번 여름은 너무 더워서 지구온난화가 현실이 된 것일까 하는 염려와 두려움이 앞서기도 했지만, 그 때문에 슬픔과 기쁨의 일상을 열심히 살아가는 사람들을 만나는 즐거움이 잦아들 수는 없었다.

미국으로 돌아가는 날이면, 일찌감치 공항에 가서 아늑한 구석진 자리를 찾는다. 그리고 지난 한 달 동안 만난 사람들의 이름을 적어 보면서, 인생에 대해 한 수 가르쳐 준 그들을 위해 축복의 기도를 한다. 그들은 잘 아는 이들이기도 하고, 때로는 이름조차 모르는 사람이기도 하다. 그들이 내게 준 것은, 때로는 친절한 웃음이고 때로는 원인을 알 수 없는 거친 적대감이기도 하다. 여하튼 모두 감사하다. 그들은 나의 마음을 만졌고, 내 마음속에서 어떤 빛깔과 결이 되어 줄 것이기 때문이다.

그렇게 사람들을 하나하나 떠올리면서, 이번 여름 내게 다가온 몇 번의 감동적인 순간들이 '이방인'과 관련이 있음을 발견했다. 세계화하는 이 세상에서, 준비가 되어 있든 아니든 점점 더 자주 만나게 될 사람들은 바로 이방인이 아닐까 생각한다. 하지만 이방인의 범주 중에서도 난민이라는 존재는 우리에게 얼마나 서툴고 익숙지 않은 단어인지.

이번 여름 예멘 난민을 만난 뒤 마음속에 계속 맴도는 이미지는 조르주 루오의 연작 판화 《미제레레》인데, 이 제목의 원어 뜻은 '주여, 우리를 불쌍히 여기소서'다. 그는 많은 사람들이 전쟁과 기아, 병, 외로움 등으로 고통받았던 20세기의 서글픈 현실에서 수난 받는 예수를 보았고, 총 58점의 판화를 제작했다. 그 판화들에는 부제가 붙어 있는데, 나는 이 부제들을 참 좋아해서 사순 시기에는 14처 대신 그것들을 묵상하곤 한다. 그는 전쟁으로 난민이 된 사람들을 형상화한 16번 작품에 "불쌍한 난민이 되어 네 마음을 향해 걸어오신다"라는 부제를 달았다. 냉전 시대는 끝났지만, 자본주의의 폭압 아래 여전히 사람들은 전쟁을 겪고 낯선 곳으로 이주한다. 엄청난 빈부 격차 속에서 비참한 가난을 목도하는 오늘, 우리가 사는 세상은 루오가 만났던 세상과 많이 닮았다.

오늘날 수백만 명의 사람들이 고향을 떠나 낯선 땅에 정착한다. 전쟁, 가뭄, 환경 파괴, 그로 인한 기아와 실직, 그리고 무엇보다 희망 없는 현실로 인해 사람들은 익숙한 환경을 떠나 미지의 장소를 향해 나아간다. 역사 속에서 인간은 끊임없이 이동해 왔고, 오랜 옛날부터 소위 '남의 나라에 몸 붙여 사는 사람들'이 있었다. 그런데 오늘날에도, 낯선 이를 받아들임으로써 겪게 될 손해를 감수하고 싶지 않다는 이유로 국경 문을 꼭꼭 닫는 경우가 있다.

이 주제는 늘 우리 심기를 불편하게 하고 심지어 매우 당황스럽게 만든다. 더구나 한국이라는 땅에 이 문제가 이렇게 구체적으로 다가오리라고 생각한 사람은 나를 포함하여 그다지 많지 않았던 것 같다. 사실 우리는 이미 외국인 노동자들의 존재를 알고, 베트남, 필리핀, 우즈베키스탄 같은 곳에서 온 여성과 결혼하는 남성들이 많아지면서 다문화 사회로 진입하고 있었다. 하지만 우리는 별로 그들에 대해 진지하게 생각해 보지 않았던 것 같다. 아니, 어쩌면 그저 눈을 감았는지도 모른다. 그런데 이번에 내전으로 궁지에 몰린 낯선 모습의 예멘 사람들이 제주에 도착한 사건이 우리 사회에 도전장을 던졌다. 그리고 여기저기서 두려움 섞인 반응들이 나왔다.

근거 없는 신경증적 두려움을 '포비아phobia'라고 한다. 생경한 언어를 사용하고, 잘 모르는 종교를 가진 사람들이어서일까? 이슬람에 대한 적개심과 두려움은 서구 유럽에 깊이 자리 잡은 정서다. 그런데 이슬람과 별 접촉이 없던 우리의 경우, 어디서 이런 정서가 생겨난 것일까. 늘 외부 세력에 억눌렸던 역사로 인한 것일까? 아니면, 이조차 우리가 좋아하는 서양의 것이라 그 해석을 맥없이 받아들인 것일까?

그런데 성서는 이 수상해 보이는 사람들, 신원이 불확실하고 고향이 다른, 그래서 근본을 알 수 없는 사람을 맞아들이는 일이 하느님을 섬기는 일이라고 이야기한다. 알 수 없는 타자를 환대했던 아브라함의 이야기가 떠오른다. 그도 나이 칠십 이후에, 지도를 보고 길을 찾아가는 것이 아니라 하느님이 보여 주실 땅을 향해 불확실한 노정을 걷고 있던 사람이어서 그랬을까? 그의 환대는 너무 극진해서 오히려 비정상적으로 보이는데, 이에 대해 철학자 자크 데리다Jacques Derrida는 이런 비정상적인 환대만이 인간이 행하는 유일한 시적 행위라고 이야기한다. 나 역시 남의 땅에 몸 붙여 사는 이방인으로서, 나에게 미국 문화를 가르쳐 주고 친구가 되어 주었던 고마운 사람들을 기억한다. 그들의 관대함과 친절은 내게 하느님의 자비 같은 것이었다.

그래서인지 나도 그 이방인들을 만나보고 따스함을 나누고 싶었다. 그리고 마침 제주의 어느 성당에서 예멘에서 온 두 분과 이야기 나눌 기회가 있었다. 아랍어밖에 하지 못하는 그들과 아랍어를 모르는 나는, 구글 번역기와 인간 공용어인 손짓 발짓에 의지해 최선을 다해 이야기를 나누었다. 내 귀에 노래처럼 들리는 언어 속에서 아픔과 슬픔이 절절히 배어 나왔다.

알리라고 자기를 소개한 그는, 지금은 소식을 모르는 딸이 아빠를 외쳐 부르던 목소리가 귀에 쟁쟁해서 도무지 잠들 수가 없다고 했다. 울지 않았는데도, 아침에 눈을 뜨면 눈에서 눈물이 뚝 떨어진다고도 했다. 다른 한 청년은, 한국 사람들에게 하고 싶은 이야기라며 "저를 무서워하지 마세요. 저 무슬림이에요"했다. 자신이 무슬림이라고 말하는 순간, 그의 얼굴에 비치는 자부심이 느껴졌다. '그렇지. 이슬람이란 평화를 이루는 사람이라는 뜻이었지…' 나는 아무 말도 할 수 없었다. 무슬림은 평화로운 사람들이라고 믿는 그에게 '이슬람 포비아'라는 단어를 차마 이야기할 수 없어서. 그의 무구한 표정과 마음이 다치지 않기만을 바라며, 그저 그의 맑은 눈을 바라보았다.

내가 만난 두 분의 깊은 슬픔에서 나는 맨발의 거지로 내 마음에 걸어 들어오시는 예수 그분을 뵙는다. 그리고 이태원 중앙성원에 옹기종기 모여 초라한 밥을 먹고 쿠란을 읽는 동남아 혹은 아프리카 어느 나라에서 왔을 이들의 모습에서, 다시 그분을 뵙는다. 지구화된 가난, 전쟁의 공포와 자연 재해, 혹은 어떤 이유에서든 이방인이 되어 우리 마음으로 걸어 들어오시는 그분을 경배하고 싶다.

제주에 머무르는 동안 참으로 따뜻한 열정과 인간애를 경험했다. "우리 마을 사람들도 4.3 때 제주를 떠나야 했어요. 갈 곳 없이 내몰린 이들은 배를 타고 일본 오사카에 가서 정착했어요. 우린 그런 경험이 있으니,

그 사람들을 도와야 해요"라고 하시는 한 어른, 난민 센터에 필요할 것 같아 가져왔다며 휴지를 내밀던 어느 여성, 난민들에게 한글을 가르치는 이름 모를 봉사자들. 그들 안에서, 이 시대의 고통 한가운데 탄생하는 새벽의 따스한 빛을 본다. 루오가 〈수난에서〉라는 작품에 붙인 "여기서 이 세상은 없어지고 새 세계가 탄생했다"라는 부제처럼.

2018. 8

가을

#2

때론 침묵이
더 큰 위안이 될 때가 있어

세상이 요즘 너무 시끄러운 것 같다. 소음에 잠을 못 이
루는 사람들도 많다. 볼리비아에서 선교하는 친구 혜
경 수녀가 전화를 안 받아 걱정이 되어, 성모님 축일에
안부 쪽지를 보냈더니 이런 답이 왔다. "한 아이가 하
도 내 귀에 대고 울어 대서, 모든 소리를 좀 안 들으려
고. 전화 소리도 듣기가 힘들어." 물론 유아원에 온 그
아이는 시끄러운 울음을 통해 엄마를 데려다 달라는
요구를 전한 것이었겠지만, 친구 수녀님의 다음 쪽지
는 더 심란하다. "그 애가 간 뒤에도 내 귀에 우는 소리

여름 한철 생명을 피우고 말라 가는 풀잎.
소음들이 사라지면 그 서걱이는 소리를 들을 수 있을까.

가 들려서 힘들어 죽겠어."

　나도 그런 경험이 있다. 무속 공부를 할 때 하루 종일
굿 소리를 듣고 자리에 누우면, 쟁쟁 하는 쇳소리가 들
려와 쉽게 잠이 들지 못했다. 하긴 굿도 굿하는 사람의
어떤 집요한 요구를 전하는 것이니 그럴 수밖에 없겠
다는 생각이 이제야 든다. "그래, 그럼 잘 쉬어. ㅠㅠ"라
는 쪽지를 남기고도 여전히 마음이 불편하다. 나도 내
친구의 귀에다 대고 이런저런 소리를 끝도 없이 해댄
건 아닌가 해서.

　나를 포함한 많은 사람들이 자신을 지나치게 표현하
고 자기를 알아 달라고 요구해 댄다. 어떤 사람들은 전
화하기가 무섭게 자기 이야기만 해 댄다. 나는 직장 이
야기, 자식 이야기 등등 쏟아지는 그들의 이야기를 하
염없이 듣는다. 듣다 보면, 그들은 어느 만큼은 지적이
어야 하고 어느 만큼은 세련된 진보주의자여야 하고,
또 어느 만큼은 영성적이기까지 한 자신을 이야기를
통해 확인하려는 듯하다. 꽤 좋은 사람들임에도 그런
이야기들을 듣다 보면 피곤해진다.

　어쩌면 내가 쓰는 이 글도 불특정 다수를 향한 일종

의 요구는 아닐까 하는 생각에, 갑자기 현기증이 나려고 한다. 또한 최근 21세기의 수도 생활에 관한 고민과 비전을 정리한 책*을 출판했는데, 이 책에서도 혹시 내가 타자에게 무언가를 요구한 것은 아닐지 조심스러워졌다. 하지만 이 책은 허술한 논리로 여기저기 구멍이 숭숭 나 있고(물론 완벽하게 논리를 펼 능력이 부족해서이기도 하지만), 그러므로 독자에게 사고의 여백을 많이 제공하며, 독자들은 이 글을 비평하면서 자신의 의견을 분명히 할 것이라는 점, 그리고 내 수업을 들은 학생들의 목소리가 부록으로 실려 있으니 나만의 잘난 척은 최소한 아니라는 점, 그리고 무엇보다 많은 사람들과의 대화를 통해 얻은 관점들을 나누려 했다는 점 등을 떠올리며 약간 숨을 내쉬어 본다. 하지만 이것도 나의 비루함에 대한 변명으로 느껴지니, 더 이상은 입을 다물 수밖에….

---

* *Conversations at the Well: Emerging Religious Life in the 21st Century Global World-Collaboration, Networking, and Intercultural Living*(Eugene, OR: Wipf and Stock, 2019)

하여, 내 친구의 쪽지를 묵상하면서 하루 종일 누구의 말도 듣지 않기로 했다. 저녁에 기도 모임에 갈 때까지 무엇인가를 열심히 준비하지도 않았다. 그냥 그날의 복음서 구절로 기도하고, 마음 착한 교우 부부가 운영하는 식당에서 김밥을 사 가지고 갔다. 이분은 내가 저녁에 기도 모임이 있다고 하니, 달랑 한 줄 주문한 내 가방에 몰래 두툼하게 싼 김밥 한 줄을 더 넣고 군만두까지 챙겨 주셨다. 아무 말 없이.

학교 채플 앞 작은 공간에 우리는 조용히 모여 앉았다. 오랜만의 모임이라 서로 반갑다고 야단이면서도, 정말 조용했다. 아니 고요했다. 왜 시끄럽지 않은 걸까 의문이 들었다. 우리는 베트 미들러Bette Midler의 〈로즈〉를 들으며 따라 불렀다. 그리고 각자 어떻게 여름을 지냈는지 이야기를 나누었다. 평화가 몰려왔다. 분명히 이야기를 하는데, 귀가 아프지 않았다. 가만 생각해 보니, 우리가 기도 모임에서 나누는 이야기는 두 가지가 분명했다. 첫째, 여기서 나누는 이야기에는 어떤 요구가 없었다. 둘째, 내가 어떤 사람이라는 확인을 받을 필요가 없었다. 수녀님들과 젊은 여성들, 그리고 어린이가 함께한 자리에서 우리는 똑똑할 이유도, 성공적일 이유도, 그리고 영성적일 이유도 없었다.

특히 우리와 함께 기도하고 웃던 열 살 네이지아가 나누어 준 이야기는 너무 연약하고 한편으로는 너무 분명해서, 말은 이래야 하는 것임을 다시 한 번 절감하게 했다. 그녀는 여름에 가장 좋았던 것은 디즈니랜드에 간 것이었고 태어나서 그곳에 처음 가 봤음을 강조했다. 사촌들이 자기를 무시했지만 자기는 맞대응하지 않고 친절로 대응했다며, 그것이 정말 좋았던 기억이라고 했다. 배가 고파서 내가 가져간 김밥을 열심히 먹던 그녀는, 서로 기도 제목을 나누는 시간이 다가오자 교도소에 간 엄마가 보고 싶다고 말했다.

미국 사회의 가난한 흑인 가정에 일어나는 매우 흔한 일이라 놀랍지는 않았지만, 아이의 입에서 나온 그 말에 마음이 무척 아팠다. 하지만 그녀의 기도는 놀랍게도 감사의 기도였다. 모두가 건강하게 엄마를 기다릴 수 있음에, 그리고 엄마가 교도소에 간 지 벌써 두 달이나 지났고 이제 한 달이 되면 엄마가 돌아올 것임에 대한 감사였다. 나는 저 아이에게 말하기를 다시 배

우고 싶다는 생각을 했다. "다음에도 올래?" 나의 질문
에 고개를 끄덕인 그녀는 다음 기도 모임 날짜를 자기
수첩에 꼼꼼히 적었다. 물론 네이지아의 선생인 마리
아가 자신을 태우고 와야 가능한 일이겠지만.

어떤 가치든 평화를 담보로 얻는 것에는 반대한다.
빈말, 자기를 포장하는 말, 자기를 주장하는 말, 무리하
게 요구하는 말을 줄여 가고 싶다. 그래야 유사 이래 처
음 완전히 녹아 사라지는 알래스카 빙하의 마지막 소
리를 들을 수 있고, 폭풍 속에서도 꽃을 피워 낸 난초의
이야기도 들을 수 있고, 한철의 생명을 살아내고 말라
가는 풀잎의 흔들리는 노래도 들을 수 있을 테니까. 그
래서 동네를 산책하며 토머스 머튼Thomas Merton의 〈침묵
의 소중함〉이라는 시를 조용히 읽어 본다.

　　　침묵은 양선함입니다.
　　　마음이 상했지만 답변하지 않을 때
　　　내 권리를 주장하지 않을 때
　　　내 명예에 대한 방어를 온전히 하느님께 맡길 때
　　　바로 침묵은 양선입니다.

아직 모두가 일어나기 전,
제 그림자를 비춰 보다 달려온 길을 돌아보다.

침묵은 자비입니다.
형제들의 탓을 드러내지 않을 때
지난 과거를 들추지 않고 용서할 때
판단치 않고 마음속 깊이 변호해 줄 때
바로 침묵은 자비입니다.

침묵은 인내입니다.
불평 없이 고통을 당할 때
인간의 위로를 찾지 않을 때
서두르지 않고 씨가 천천히 싹트는 것을 기다릴 때
바로 침묵은 인내입니다.

침묵은 겸손입니다.
형제들이 유명해지도록 입을 다물 때
하느님의 능력의 선물이 감춰졌을 때도
내 행동이 나쁘게 평가되든 어떻든 내버려둘 때
바로 침묵은 겸손입니다.
침묵은 신앙입니다.

그분이 행하도록 침묵할 때

주님의 현존에 있기 위해 세상 소리와 소음을 피

　할 때

그분이 아는 것만으로 충분하기에 인간의 이해를

　찾지 않을 때

바로 침묵은 신앙입니다.

침묵은 흠숭입니다.

'왜' 하고 묻지 않고

십자가를 포옹할 때

바로 침묵은 흠숭입니다.

2019. 9

기울어진 내 그림자를 보면서

기울어진 내 그림자를 보고 걷는 오후. 느릿느릿한 걸음 때문인지, 내가 서 있는 텅 빈 거리가 홀연히 말을 걸기 시작한다. 빡빡하게 짜인 스케줄에 균열이 가기 시작하면서 당황해하던 차였다. 홍콩 수업 일정이 잡혀 그 주간의 수업을 모두 온라인으로 바꾸느라 힘들고 피곤했었다. 그런데 짐을 대충 꾸려 공항으로 가려는 찰나 걸려온 전화는 홍콩의 사정이 너무 나빠져서 수업을 취소한다는 내용이었다. 갑자기 어떡하지, 하는 난감한 마음. 다시 교실 수업으로 바꾸어야 하나 고민하다 학생들에게 혼란을 주지 않기 위해 그냥 온라인으로 진행하기로 했다.

그렇게 덜컥 주어진 빈 시간. 학교에서 일하는 분들
은 잘 알겠지만 이런 일은 학기 중에 쉽게 누릴 수 없
는 호사다. 더구나 홍콩에서 많은 사람이 고통받고 있
는 현실을 알기에, 이렇게 느릿하게 시간을 보내는 것
도 죄스럽다. 하지만 그런 미안함은 살짝 내려놓고, 캠
퍼스를 벗어나 인근 동네 거리를 걷는다. 마음의 결이
느슨해지면서, 하늘과 약간은 서늘해진 바람과 지나
가는 꼬마들의 눈빛이 보이기 시작한다. 엄마 손을 잡
고 어디론가 향하는 아이들의 거칠 것 없고 만족스러
운 표정을 보노라면, '샬롬'이라는 말이 바로 저런 뜻
이겠구나 하는 생각이 든다. 카페에 들어가면, 많은 젊
은이들이 이어폰을 끼고 무언가를 열심히 하고 있다.

그러고 보니 벌써 시월이다. 이제 2019년도 막바지
를 향해 달리는 시간이다. 기울어진 내 그림자가 땅에
닿으면, 갓 내린 커피처럼 담담하고 향기로운 가을 저
녁은 금세 어둠에 잠길 것이다. 그렇게 시간은 여지없
이 흐를 것이다. 이런 생각을 하다 보니, 이루어 놓은
것 없는 내 영혼이 조급해지려 한다. 물론 내가 좋아하

는 일을 열심히 하면서 사니 행복하다고 말할 수는 있을 것이다. 하지만 어느 때든 주님이 부르시는 곳으로 떠날 자유가 있는지 스스로 물어야 하며, 이 여행을 마치고 다른 곳으로 길게 떠날 때 담담히 떠나도록 준비를 해야 할 것 같다. 아무 미련 없이 떠날 수 있는 내면의 가난을 주시기를 자주 기도해야겠다.

한국이었다면 국화꽃 한 다발을 사 들고 친구를 방문하고 싶은 눈부신 시월의 오후인데, 팍팍한 미국 생활은 그런 여유를 좀처럼 찾기가 힘들다. 그저 친한 수녀님께, '나 동네 카페에서 공부하니까 혹시 시간 되면 그리로 나오라'는 건조하기 짝이 없는 초대를 했다. 그래도 반가운 얼굴을 보고 잠깐 수다를 나누며 우리가 얼마나 늙어 가고 있는지, 또 자기 삶의 결을 어떻게 살펴보고 있는지 점검해 보는 일은 서로에게 의미가 있을 것이다. 참 어리석게도, 거울 속 나는 이렇게 흰머리가 많이 났는데도 내가 나이 들었다는 것을 잘 느끼지 못한다. 대학교 때 너무 신기하고 예뻐서 학생 수첩에 넣고 다니던 사진 속 조카가 자라서 벌써 아기 엄마가 되었는데도, 나는 세월의 흐름을 잘 인지하지 못한 채 여전히 발을 동동 구르고 산다.

영성학에서는 '관상'을 정의할 때 실재the real를 본다는 표현을 많이 쓴다. 여기서 실재란 우리가 살아가는 현실뿐 아니라, 상상과 꿈 혹은 이루어질 수 없거나 가질 수 없는 무한을 향한 모든 역동을 아우르는 개념일 것이다. 내가 살아가는 이 세상, 그리고 그 속의 언어와 문화는 나를 어떤 사람으로 규정하려 들지만, 그 틈새에서 나는 상상 속의 나로 확장된다. 그러한 나는 어린 시절의 나이기도 하고, 죽은 후 하느님을 뵙는 나이기도 하며, 알 수 없는 하느님의 신비를 인정하고 내가 우주의 한 점임을 겸허히 수용하는 나이기도 할 것이다. 그런 면에서 때를 아는 지혜란, 내가 살고 있고 또한 곧 사라져 갈 삶의 정점을 찍는 지혜일 것이다.

오래전 한국에서 수련하던 시절에 들은 시편 강의가 생각난다. 강사 신부님은 때를 아는 지혜를 이야기하면서, "저희 손이 하는 일이 잘되게 하소서"(시편 90:17)라는 성경의 기도가 얼마나 의미 있는 기도인지를 강조하셨다. 그는 자신에게 주어진 일을 언제든지 할 수 있을 것 같지만 시간은 결코 기다려 주지 않으니, 주어

더위 속에서도 붉게 물든 잎사귀를 보았다.

진 때에 일을 잘 해 낼 수 있도록 '우리 손이 하는 일에 힘을 달라'고 늘 기도한다고 했다. 머리가 희끗희끗한 그 사제의 목소리에서는 어떤 절박함이 느껴졌다. 해는 서산에 지고 날은 저물었는데 아직 갈 길은 먼 그런 상황에 놓인 자의 심정 같은 것이었을까. 지금은 그분의 이름도 기억나지 않지만, 그럼에도 이 시편 구절을 힘주어 강조하던 그 진심 어린 열정은 아직도 기억에 뚜렷이 남아 있다. 그래서 나도 이 시편을 만날 때면, 때를 아는 지혜와 함께 우리 손이 하는 일에 힘을 달라는 기도를 드리게 된다.

시월을 보내며, 특히 때를 아는 지혜와 함께 우리 손이 하는 일에 힘을 달라는 그 기도가 떠오른 이유는, 아마도 우리가 살고 있는 이 세상이 어수선하고 불확실하기 때문일 것이다. 내가 사는 이곳도 이상 기후 때문에 어제는 30도를 웃도는 날씨를 기록했다. 여름에 입던 옷을 아직도 치울 생각을 못 하고, 정말 이제 가을이 없어지면 어쩌나 걱정스러워졌다. 시애틀에서는 청소년 수천 명이 기후 위기에 응답하지 않는 대통령과 자연을 훼손하면서 자본을 축적한 기성세대, 특히 베이

비붐 세대를 비판하는 시위를 했다. 그리고 다른 많은 도시에서도 청소년들이 자신들이 살아갈 지구를 보호하는 정책을 요구하고 있다. 현재 미국에서는 많은 젊은이가 실업 상태에 놓여 있고, 망가져 가는 이런 세상에서 자녀를 가진다는 것이 과연 의미가 있는지에 대해 비판적인 생각들이 만연하다.

성경의 전도서(코헬렛)에는 "날 때가 있고 죽을 때가 있고, 울 때가 있고, 기뻐 뛸 때가 있고" 등으로 이어지는 유명한 구절이 있다. 모든 것에는 때와 흐름이 있고 인간은 거기에 거스를 수 없다는 가르침이다. 많은 학자들이 이 전도서가 쓰인 때를 기원전 300년경으로 보는데, 많은 변화가 일어나면서 더 이상 전통적 가르침이 통하지 않던 시대였다고 한다. 우리가 살고 있는 시절과 정말 비슷하다는 데서 다시 한 번 놀라고, 하늘 아래 새로울 것이 없다는 가르침을 새삼 새기게 된다. 천하를 통일한 알렉산드로스가 죽은 뒤 세상이 나뉘고, 경제적 위기와 정치적 불확실성으로 많은 이들이 고통받던 시대. 전도서 저자는 사회의 질서가 흔들리고 모두가 혼돈을 겪고 있을 때, 우선 우리에게 숨을 고르고 그저 자신에게 주어진 일과 삶의 즐거움을 충분히 누리라고 가르친다.

많은 사람들이 불확실성 속에서 고통받는 현실 속에서, 그래도 위안이 되는 것은 숲은 여전히 가을을 만들어 내고 있다는 사실이다. 비정상적으로 더운 이 날씨 속에서도 잎이 물들어 가는 나무들을 보니 마음이 울컥한다. 이 더위에도 때를 아는 지혜를 가진 나무를 만난 것 같아서. 또한 3년 전 산불로 다 타 버린 칼리스토가Calistoga의 나무들은 그래도 여전히 생명을 피워 내고 있음에 또 한 번 말을 잃는다.

그리고 무엇보다, 한 시간여의 숲길을 달려와 만난 이곳 젊은이들의 고뇌가 여전히 나를 위로한다. 한 청년이 내게 온라인 게임 커뮤니티에서 만난 아이콘을 사랑하게 되었다는 고백을 들려주는데, 마음을 온통 그녀에게 빼앗겨 가슴 졸이는 그가 그렇게 아름다울 수 없었다. 온라인 게임에서 사람들이 자신의 아이디로 사용하는 아이콘은 실재일까, 아닐까? 아이콘에 담긴 인격이 얼마나 실재일 수 있을까? 하지만 실재이기도 하고 아니기도 한 아이콘을 향한 그 사랑의 불확실

o

수년 전 화재로 다 타 버린 나무들,
그럼에도 새 생명을 틔우고 숲을 만들어 내고 있다.

함과 아픔은, 사실 우리가 한 인격을 직접 대면할 때도 겪는 아픔과 동일한 것 아닌가? 그렇다면 온라인 공동체에서 만난 아이콘 혹은 그에 담긴 인격을 사랑하는 마음도 하늘로부터 오는 감정일 거라는 생각에 무조건 그를 축복해 주고 싶어졌다. 이처럼 나이를 먹어 가는 내게 때를 아는 지혜란, 젊은이들의 새로운 고민들 속에서 변해 가는 세상을 배우며 그들의 아픔 속을 함께 걸어가는 일이다.

2019. 10

축복으로 불쑥 다가온 11월

이번 11월은 내게 축복으로 불쑥 다가왔다. 익숙하지
않은 땅, 낯선 동네에서 잃어버린 내 마음의 조각들을
다시 만난 것이다. 학기 중에 열리는 본원에서의 미팅
이라, 교수회의를 마치고 부랴부랴 짐을 쌌다. 그리고
밤새 비행한 끝에 이른 아침 몬트리올에 도착했다. 우
리 수도회의 모원은 몬트리올에서 삼십 분쯤 떨어진
롱게이Longueil라는 조그만 지방 도시에 있다. 몬트리올
은 프랑스어를 쓰는 캐나다의 도시로, 거리의 이정표
도 안내 방송도 모두 프랑스어로 되어 있다.

　차가운 공기가 잠에서 덜 깬 눈으로 공항 밖으로 나

온 나를 맞아 주었고, 눈까지 풀풀 내리고 있었다. 나는 까마득히 잊고 있었던 11월의 정취에 설렘을 느꼈다. 캘리포니아에 살면서 결코 맛볼 수 없는 이 싸늘한 공기는 내가 좋아하던 11월의 정경들을 떠올리게 한다. 나를 마중 나온 캐롤 수녀님은 프랑스 악센트가 강한 영어로, "맑은 날 네가 왔다면 경치가 정말 아름다웠을 거야"라며 연신 미안해 하셨다. 하지만 나는 그럴 필요가 전혀 없다고 말씀드렸다. 사실 내가 제일 좋아하는 것이 바로 이런 잿빛 하늘에 공기가 차가운 날씨이고, 이 날씨가 한국의 11월을 많이 닮았다고. 그래서 흡사 고향에 온 것 같다고.

11월은 제각기 색깔을 피워 내던 잎사귀들을 하나도 남기지 않고 떠나보낸 뒤 벌거벗은 채 의연히 서 있는 나무들과, 그 가지 사이로 보이는 차가운 저녁달을 만나는 시간이다. 이런 11월의 날들은 돌아가신 분들을 기억하고 또 우리가 돌아가야 할 곳을 생각하게 한다. 한 치의 미련도 없이 가진 모든 것을 가벼이 털어 내는 나무들을 보는 것만큼, 코끝을 시리게 하는 바람을 맞으며 초겨울의 석양을 마주하는 것만큼, 하느님과 영원을 생각하게 하는 일이 또 있을까? 언젠가는 떠나야 하는 이 길에서, 내가 만났던 많은 사람에게 감사했고 또 미안했다고 말하고 갈 수 있다면 참 좋을 것 같다.

우리 회의 창설자인 마리 로즈 더로셔Marie Rose Duroche 는 복녀*인데, 수도 공동체를 창설하고 선교의 꿈을 꾸다 서른둘의 젊은 나이에 돌아가신 분이다. 나는 그분의 방에 들어가 그가 덮었던 침대보를 만지면서, 창설자가 꿈꾸던 비전을 생각했다. 마루로 된 그 방은《빨강 머리 앤》에 나오는 방처럼 조그만 침대와 한쪽 구석의 램프, 거리가 내려다보이는 창문이 전부다. 침실 옆에는 사무실로 쓰시던 더 자그마한 방이 있는데, 아주 조그만 책상이 있고 그 위에 펜이 놓여 있다. 벽에는 그 작은 방과 어울리지 않게 커다란 사베리오 성인의 그림이 걸려 있다. 그림 속 사베리오 성인은 몸이 좀 아파 보였는데, 그 몸으로 선교를 꿈꾸었던 중국을 바라보

---

* '복자'의 여성형으로, 가톨릭 교회가 공경의 대상으로 공식 선포한 사람을 일컫는다.

모원에서 찍은 롱게이 전경

고 계셨다. 몸이 아파 어느 곳으로도 선교를 하러 나갈 수 없었던 19세기 젊은 여성이 이 그림을 처연히 바라보고 있는 광경을 생각하니 마음이 짠해졌다. 그리고 역마살이 있는 내가 당신을 대신해서 어디든지 가겠노라고 약속을 드렸다.

이번에 내가 참석한 회의는, 그동안 거대 조직으로서 해 왔던 총회가 아니라 삶의 방향을 어떤 식으로든 전환하고 새로움을 모색하고자 모인 작은 회의의 성격을 띠었다. 아프리카 로소토와 캐나다, 미국 등지에서 모두 9명이 모였다. 눈이 내리고 해가 저물어 가는 몬트리올의 한 구석에서, 우리는 초창기 수도회의 열정과 가난, 그리고 작음을 기억했다. 물론 우리는 회의가 시작되는 순간 또 습관대로 완벽한 것, 잘 갖추어진 어떤 것을 만들어 내려 안간힘을 쓰고 서로 날을 세웠다. 하지만 그때마다 우리는 전통의 무게를 잊고 가볍게 새로운 것을 시작하고자 모인 것이라는 사실을 서로에게 환기시켰다.

수도 생활의 시작은 결코 세련되거나 완벽하지 않았으며, 나는 오늘도 여전히 수도 생활은 작고 소박한 것, 그러나 정성스러운 것이어야 한다고 믿는다. 그것을 상기시켜 주듯 우리 본원 마당 앞에는 수녀님들이 처음 열었던 학교 건물이 있다. 너무 조그마해서 놀랄 정도인데, 수녀님들은 낮에는 교실로 밤에는 자신들의 숙소로 쓰는 작은 공간에서 아이들을 가르쳤다. 그리고 마루를 들추어 올리면 지하로 내려가는 계단이 나오고, 수녀님들은 거기서 식사를 준비했다. 그들은 가난한 아이들에게 행복을 가르쳐 주기 위해 어느 곳에서든 음악을 가르쳤다.

내가 우리 본원 동네를 참 좋아하는 이유는, 프랑스어를 사용하는 캐나다 사람들의 소박한 모습 때문인 것 같다. 수녀님들이 가르치던 그 동화 속에 나오는 것과 꼭 같은 조그만 돌집 밖을 나서면 성당이 있고, 그 마을을 지키기 위해 목숨을 바친 사람들을 기념하기 위해 만든 동상이 나온다. 조그만 이발소에서는 이발사 할아버지가 게으르게 신문을 읽으시고, 카페에는 조그만 의자들이 놓여 있다.

모든 것이 참으로 작고, 참으로 친절하고, 참으로 다정하다. 그래서 나는 이곳이 정겹다. 내 마음속의 11월

모든 것을 떠나보내고 의연히 서 있는 헐벗은 나무

또한 늘 그렇게 느리고, 또 그래서 다정했던 것 같다. 슈베르트가 세상 사람들이 행복하기를 바라며 느릿느릿 지었다는 〈아르페지오를 위한 소나타〉를 들으며 거리를 걷다가 예쁜 카드를 사서는, 주일학교 어린이들한테 보낼 생각으로 행복감에 젖었던 그때가 생각난다. 그때 그렇게 좋아했던 한국의 11월, 이제 생각해 보니 그것은 결국 작음과 친절함과 다정함이라는 내 맘속의 공간이 아니었을까 하는 생각이 든다. 놓치지 말아야 하는 것은 시간 안에 꼬박꼬박 보내는 이메일 답장이 아니라, 답장을 보내는 친절함 그 자체여야 하는 것이다.

사랑하는 후배와 함께, 모원에서의 미팅을 마치고 얻은 하루의 여유를 즐겼다. 그는 박사 논문을 마치고 워털루 교구에 속한 가톨릭 학교 중학생들에게 피정을 지도하는 일을 하고 있다. 십대 아이들이 하느님을 만나도록 돕는 정겹고 중요한 일을 하는 그에게서 선함과 친절함과 정다움이 묻어났다. 그가 주로 일한다는 피정 집의 숲을 산책하고 소박한 채플을 구경하다, 그는 "하느님은 어떻게 이렇게 많은 사람을 다 다르게 만

드셨을까요?"라는 경이로운 질문을 던졌다는 학생 이
야기를 들려주었다. 나는 그의 기쁨에 찬 얼굴을 생각
하며, 일기에 이렇게 적는다. "11월에 내가 배우고 싶
은 것: 단순함, 친절함, 그리고 깊이."

　내 친구의 말처럼, 꽃보다는 단풍이고 단풍보다는
다 내려놓은 나무다. 내가 한 사람의 수녀로 산다는 것
은 자그마하게 산다는 것이고, 느리게 산다는 것이고,
그래서 친절하게 산다는 것이다. 내 영혼의 치명적인
약점인, 근사하게 일을 해내고 싶은 욕망이 일어날 때
마다, 지금 나는 누군가에게 친절하고 싶은 것인지 반
문하며 천천히 숨 돌리는 11월을 보내야겠다. 나는 그
저 이 아름다운 세상에 잠시 살다 떠나는 나그네임을
기억하면서.

2019. 11

겨울

#2

대림 2주: 버진 포인트

대림 2주를 맞으며, 기쁨에 대해 생각해 본다. 아프고 고단한 세상 여기저기서 축 처진 어깨와 슬픈 눈빛을 만나는 중에, 내가 느끼는 이 기쁨은 과연 진정성 있는 것인지 묻게 된다. 혹시 나의 설렘과 부풀어 오르는 이 마음은 대림에 가지는 감상적이고 유약한 신앙적 습관이 아닐까? 거리를 기웃거리다 보면 여기저기 예쁜 성탄 장식이 보인다. 내가 사는 동네 성당에서는 커다란 트리를 세워 놓고, 가난한 이웃에게 주고 싶은 선물을 카드에 적어 걸어 둘 수 있게 해 두었다. 나는 '20달러 어치의 바게트 빵과 매일 기도하기'라고 적어 넣었다.

세상의 아픔이 너무 커서 마음이 초라해지지만, 조그마한 착한 일을 하고 나니 조금은 마음이 편해진다.

이번 주일은 원죄 없이 잉태하신 성모님의 축일이다. 성모님의 죄 없으심에 대해 여러 가지 신학적 논란이 있었지만, 어쨌든 1854년 교황 비오 9세에 의해 신앙 교리로 선포되었다. 사람들은 이 축일을 별로 이야기하고 싶어 하지 않지만, 우리 수도회는 이를 가장 중요한 축일로 지내며 서원을 갱신한다.

하느님의 어머니이신 마리아가 죄에 물들 수 없다는 것이 기본 교의인데, 나는 14세기의 독일 신비가 마이스터 에크하르트Meister Eckhart의 설명을 선호한다. 그는 성모님의 원죄 유무보다는 예수를 잉태한 여성성을 강조하면서 이렇게 질문한다. "우리 모두는 성모님처럼 하느님의 어머니가 되어야 한다. 신성의 육화가 끝없이 일어난다 하더라도, 그 성탄이 내 안에서 육화되지 않는다면 무슨 소용이 있단 말인가? 창조주가 그의 아드님을 계속 낳으신다 하더라도, 내가 사는 시대와 문화 속에서 성자를 낳지 못한다면 무슨 소용이란 말인가?" 성모님의 모성과 신성을 그저 바라보고 대상화하는 것이 아니라, 내 안에서 성탄이 일어나게 하라는 초대로 이 축일을 이해하고 싶다.

성모님의 순결함에 이의를 제기할 사람은 없겠지만, 그 순결함이 단순히 육체적 처녀성을 의미하는 것은 아니며, 또 아니어야 한다. 에크하르트가 설명하듯이, 그 순결함은 신성이 깃들 수 있는 내적 공간을 의미한다. 토머스 머튼은 이런 기도의 내면적 공간을 가리켜 '버진 포인트The Virgin Point'라고 불렀는데, 비어 있어서 환상도 욕심도 없는, 그래서 하늘이 담길 수 있는 그런 내면을 의미한다. 토머스 머튼은 이 용어를 설명하면서 일상생활 속에 있는 비밀스러운 내적 공간을 강조했다. 조용히 내리는 비가 나뭇가지에 물방울을 맺는 순간, 그리고 그 물방울을 조우하는 순간, 온 천지는 침묵한다. 그때 사랑하는 사람들 혹은 아픈 사람들을 기억하면서 이 아름다움이 누군가를 위로하기를 기도할 때, 그 순간은 버진 포인트가 된다.

성모님의 원죄 없으신 잉태를 기념하는 오늘, 교회인 우리는 얼마만큼 하느님을 잉태할 태처럼 비어 있는지 스스로를 바라보아야 할 것 같다. 그런데 비워 낸

가장 세속적이고 평범한 곳에 있는, 그러나 가장 성스러운 내면의 공간

다는 말의 의미는 무엇일까? 아마도 자기 생각과 철학, 탐욕으로 꽉 찬 마음을 비워 낸다는 뜻이고, 새로운 사람, 관계, 변화에 저항 없이 순응하며 그 안에서 의미를 찾는다는 뜻이며, 사랑과 정의를 위해 자기 이익을 비운다는 뜻일 것이다.

토머스 머튼이 내면의 고요함과 침묵의 상태를 지칭한 이 버진 포인트는, 자기 주장을 비우면 어디서나 발견할 수 있고, 아무리 거룩한 것이라 할지라도 그것에 탐욕스럽게 집착하면 도무지 찾기 어려운, 진리와 자유로 통하는 문을 가리키는 상징적 비유라고 할 수 있다. 하늘이 사람이 되시는 내면의 공간은 어디에나 있다. 그러나 그것은 오직 열려 있고 사색하는 마음 상태(성모님이 좋은 예가 될 것이다)에서만 발견할 수 있는 공간임을 명심해야 한다. 만약 그런 상태에 있지 못하다면, 세상 어디서도 그런 공간은 찾을 수 없을 것이다. 아마도 하늘나라의 신비가 바로 그런 것 아닐까. 그래서 종말에 대한 이야기를 다루는 복음서 같은 곳에서는, 같은 일을 하고 있더라도 한 사람은 하늘나라에 들어가고 다른 한 사람은 그렇지 못할 것이라 경고하는 것이다.

나자렛의 처녀가 하느님의 어머니가 되기까지, 그분은 그때껏 누구도 가지 않은 알 수 없는 길을 걸어가셨다. 그리고 오늘 온 교회는 그 여정의 시작을 기념하고 있다. 그래서 오늘은 아침 일찍 일어나 부지런을 떨며, 집을 치우고 빨래를 하고 소중한 이들에게 줄 선물을 골랐다. 생일을 맞은 캐롤 수녀님을 위해서는, 너무 예쁜데 값이 싸기까지 해 얼른 사 두었던 에코백을 챙겼다. 늘 기도하는 친구인 진 수녀님을 위해서는 언젠가 선물로 받았던 페퍼민트 향 비누를 포장했다. 암을 치료하러 시애틀에서 내려온 오랜 친구 요셉을 위해서는 특별히 조그만 인형을 하나 샀다. 그리고 은퇴한 예수회원들이 사는 곳으로 가서 요셉과 식사를 하며 그를 닮은 아주 뚱뚱한(요셉 신부는 이젠 아파서 더 이상 뚱뚱하지 않다) 곰을 건네주었다.

그와 헤어져 서원 갱신 미사를 드리러 갔다. 더 많이 늙어 있는 우리 수녀님들의 얼굴을 보니 반가우면서도 마음이 짠하다. 휠체어에 포도주와 빵을 싣고 제대에 봉헌하러 나가는 수녀님들의 굽은 허리와 주름진 얼굴이 참 자랑스럽다. 일어서는 대신 우리는 모두 앉아서 서원을 갱신했다. 예수님을 온 마음으로 따르기로 결정하고 길을 나섰던 그 젊은 날의 어느 순간을 침묵 속에서 각자 회상하며, 새로운 마음으로 모두 함께 서원을 갱신했다. 정결과 청빈과 순명을 통해, 사랑과 공감과 용서를 자유롭게 주고받는 통교를 넓혀 가기로 서로 약속했다.

성모님의 마음을 닮아 가기로 약속하는 이 미사에서, 문득 내가 작은 사람으로 태어난 것에 새삼 감사한 마음이 든다. 하늘나라는 큰 것이 아니라 작은 행복을 매 순간 낳아 가는 것이기에, 또한 그것은 매 순간 하늘나라를 갈망함으로 이루어지는 것이기에, 성모님의 마니피캇*이 오늘 내 마음에 더 깊이 와 닿는다.

• 동정녀 마리아가 예수를 잉태한 몸으로 엘리사벳을 방문하여 부른 찬미의 노래. 구세주 하느님을 찬양하고, 이스라엘에 베푸신 하느님의 업적을 회상하며, 아브라함에게 예언한 하느님의 계획이 자신을 통하여 이루어졌음을 감사하는 내용으로 이루어진다.

버진 포인트를 상징하는 거리의 낙서

내 영혼이 주를 찬송하며,

내 하느님 생각에 맘이 울렁거립니다.

성모님의 마음을 묵상하는 대림 2주간. 그래서 기도한다. 그저 순간을 내 하느님 생각에 기뻐하는 마음으로 살게 하소서. 이 세상의 어둠과 아픔 속에서, 내가 할 수 있는 작은 친절로 내 안에 하늘나라를 발견하게 하소서. 그리고 구원의 역사를 일으키시는 하느님, 내 안에 그리고 사람들 안에 매일매일 탄생하소서.

2019. 12

일상의 신비로 들어가며

새해가 시작된 지 열흘이 훌쩍 지났고, 새 학기가 시작
되고도 한 주가 지났다. 그럼에도 아직 2020이라는 숫
자가 어색하게 느껴진다. 한 해를 돌아볼 충분한 내적
공간을 가지지 못한 채 섣부르게 새해를 맞았다. 좀 더
찬찬히 돌아보고 싶었는데, 감기 몸살로 시름시름 앓
으며 2019년을 떠나보냈다. 그래도 지는 해를 보며 감
사하다는 인사는 하고 싶어 바닷가에 나갔다가 다시
감기를 만나 고생했다. 감사할 것도 많고 고마운 사람
들도 많았는데, 결국 제대로 마음에 새기지 못하고 대
충 떠나보내야 했다. 대림으로 시작한 교회력은 성탄

의 화려한 축제 기간을 마감하고, 이제 일상을 시작한다. 다시 우리는 특별할 것 없는 매일의 평범하고 작은 일상 속으로 들어간다.

이 평범한 시간을 시작하면서, 우리는 예수의 세례를 기억한다. 청년 예수가 자신의 소명을 향해 뚜벅뚜벅 걸어가기 시작하신다. 성탄을 장식하던 아기 예수와 구유와 동방박사와 초록별을, 그리고 밤을 밝히던 전구들을 떼어 내야 하는 시간이다. 조금은 동화 같고 그래서 공연히 마음을 들뜨게 하던 이런 장식들을 치우고 비워 내야 하는 시간이다. 잠시 미루어 두었던 골치 아픈 현실이 우리를 기다리는 삶의 공간으로 다시 초대되는 시간이다.

오래전 본당에서 일할 때 성탄 구유를 꾸미는 일은 추위 속에서도 늘 즐거웠던 것 같다. 아기 예수를 모셔 놓고, 성탄 트리에 이런저런 장식을 함께 달고, 쉬는 시간에는 도란도란 이야기 나누며 차를 마시던 그런 따스함 때문에. 그리고 언제나 주님 세례 축일 전의 토요일은 구유를 치우는 날이었다. 그때 한 청년이 구유 치우는 일을 도와주며 자기는 이제 일상으로 돌아가는 것이 좋다고 말한 기억이 난다. 성탄의 화려함에 비해 자신의 삶과 구차한 일상이 더 작아 보이고 피곤하다고 그는 말했다. 그리고 늘 말없이 나를 도와주던 그는 그날도 성큼성큼 다가와 구유를 열심히 치워 주었다.

성탄의 기쁨이라는 것이 반짝이는 선물을 마련하고 어디론가 여행을 떠나고 신나는 무언가를 해야 하는 것이라면, 나를 포함하여 많은 사람에게 성탄은 부담일 것이다. 십수 년이 지난 오늘까지 내가 그의 말을 이렇게 생생히 기억하는 것을 보면, 그때 나도 깊이 공감한 것 같다. 행복해야 하는 이 기간에 실제로 많은 사람이 상대적 빈곤감에 아파하고, 더 외로워지고 슬퍼지는 것도 사실이다.

기쁨에 대한 연구를 보면, 아무리 즐거운 것이라도 무한정 연장되면 사람들은 피로감과 불안감을 느낀다고 한다. 그래서 우리에게는 일상이 필요하다. 일상은 우리에게 안정감을 주고, 특별한 일을 하거나 기쁨에 넘치는 어떤 것을 가질 필요가 없다는 안도감을 준다. 그런 평범한 기쁨, 아침에 일어나 각자에게 주어진 약간은 고달픈 일을 해낸 뒤에 느끼는 일상의 기쁨은 하늘에 깊이 뿌리를 내린 나무와 같은 것이다.

언젠가 산길을 걷다가 물에 비친 나목을 본 적이 있는데, 마치 뿌리가 하늘에 걸려 있는 것처럼 보였다. 시몬 베이유는 이렇게 말했다. "나무가 땅에 깊이 뿌리를 내릴 수 있는 것은 하늘로부터 오는 빛 때문이다. 결국 나무는 하늘에 뿌리를 둔 것이다." 우리가 일상에 깊이 뿌리를 내리고 성실히 살아가며 신앙인이 되어갈 때, 그것은 우리 영혼이 하늘에 깊이 뿌리를 내리는 일이 아닐까 생각해 본다.

일상의 단조로운, 그러나 결코 깊이를 결하지 않은 본질을 가장 아름답게 쓴 사람은 칼 라너Karl Rahner다. 분도출판사에서 번역한 그의 《일상》이라는 책은 조그만 소책자이지만 내 인생에 미친 영향은 결코 작지 않다. 당시에 나는 그 조그만 책이 너무 좋아서 늘 지니고 다녔다. 우선 글이 쉬워서 좋았고, 특히 "너의 일상이 초라해 보인다고 탓하지 말라"고 한 첫 문장이 무척 인상적이었다. 거기서 그는 평범하고 진부한 일상, 일하고 걷고 앉고 보고 웃고 먹고 자는 것을 통해 하느님의 신비 속으로 걸어가는 삶으로 초대한다. 일상은 마치 온

물에 비친 나뭇가지,
하늘에 뿌리를 둔 나무처럼 일상을 살아가라는 초대 같다.

하늘을 담고 있는 물방울처럼 하늘나라를 담고 있는 것이라고 그는 설명했다.

일상을 충만히 사는 것, 삶의 본질과 실재를 꿰뚫어 보며 깨어 있는 것이야말로 영성 생활의 기본이라 할 수 있다. 늘 극적인 상황을 꿈꾸며 드라마 같은 삶을 이어 가고 싶어 하는 사람들을 보면, 보는 것만으로도 지칠 때가 있다. 우리가 살면서 늘 화려한 주인공일 수는 없지 않을까? 어떤 때는 조연으로, 또 어떤 때는 지나가는 단역으로 누군가의 배경이 되어 주면 안 될까? 나의 초라함으로 누군가가 찬란할 수 있다면, 그것도 나쁘지 않다. 일상의 모든 순간이 늘 변화하는 조건 속에서 영원의 아름다움을 배우는 수업이라고 생각한다면 말이다.

예수님이 세례 받으시는 장면을 묵상하면, 일상의 신비 속으로 묵묵히 걸어가야 하는 이 시점에 많은 위로가 된다. 예수님이 자기 소명을 철저히 살기 위해 공생활을 시작하는 시점에서 택한 방법은 다른 여느 사람들과 많이 다르지 않았다. 당시 회개하라는 세례자 요한의 외침에 많은 사람이 요르단 강에서 세례를 받았고, 예수님도 그들과 함께 세례를 받으셨다.

몇 년 전 피렌체의 우피치 미술관에서 레오나르도 다빈치가 그린 예수님의 세례 장면을 넋 놓고 감상한 적이 있다. 다빈치는 요르단 강에 서 계신 예수님의 물에 비친 발을 아주 섬세하게 그려 놓았다. 내가 볼 때 물에 비친 그분의 발은 그분이 진정 사람이 되셨음을, 우리의 친구 되셨음을 강력히 표현하는 것 같았다. 그리고 지금 다시, 이 작품이 왜 그렇게도 내 마음을 사로잡았을까 생각해 본다. 아마도 그것은, 물에 잠긴 그 발이 앞으로 그분이 소명을 따라 성실히 걸어가실 고달픈 일상의 길과 십자가의 길을 연상시켰기 때문 아닐까.

물론, 하늘로부터 들려온 성부의 소리나 비둘기 모양으로 내리신 하느님의 영과 같은 특별한 사건이 아름다운 신비임을 부인할 수 없다. 그러나 평범해 보이는 그분의 발, 그것도 물에 비친 그분의 발이 내게 그토록 아름답게 느껴지는 것은, 우리의 신앙 여정도 그렇게 일상 속에서 한 걸음 한 걸음 걸어 나가는 신비이기 때문이 아닐까.

축제는 끝났다. 이제 일상 속에 숨겨진 하늘나라의

신비를 찾아내는 평범하고 아름다운 일, 내게 주어진
나만의 영적 수업을 시작해야겠다.

2020. 1

코로나19 바이러스 유감

나는 어릴 때부터 감기 앓는 것을 꽤 즐기는 편이었다. 청년 시절 본당 신부님이 감기란 '네가 충분히 수고했으니 이제 쉬어도 좋다는 신호'라고 하신 말이 마음에 들어서였을까? 아니면 김기림의 시 〈길〉에서 읽은 구절이 전한 깊은 울림 때문이었을까? "가마귀도 날아가고 두루미도 떠나간 다음에는 누런 모래둔과 그리고 어두운 내 마음이 남아서 몸서리쳤다. 그런 날은 항용 감기를 만나서 돌아와 앓았다." 감기에 걸리면, 미열과 함께 으스스 떨리는 느낌을 은근히 좋아했다.

　그런데 요즈음 감기에 걸린다는 것은 이런 감상과는

전혀 관계가 없다. 나는 이번 신년부터 대략 3주간을 꼼짝 없이 감기로 끙끙 앓았다. 겨우 나았다 싶다가도 수업 한 번 하고 나면 또 감기를 앓고, 또 좀 나았다 싶으면 다시 감기에 걸리는 다소 짜증스런 상황이 반복되며 낭패감이 들었다. 그래서 나는 학생들에게 감기 기운이 있거나 열이 나면 제발 수업에 나오지 말라고 당부했다. 학생들은 웃었지만, 나는 꽤 심각했다. 온 학교에 감기로 고생하는 사람들이 한둘이 아니었고, 교수실 복도에 기침 소리가 나면 예민해지는 나를 발견했다. 얼른 짐을 싸 들고 집에 와서 일을 하기도 했다. 그런데 더욱 심각한 것은, 길이나 카페에서 조심성 없이 기침을 하는 사람들을 볼 때 내 마음에 일어나는 적개심이었다. 내 마음속에 일어난 타자에 대한 이런 부정적 감정을 성찰하다가, 이 미움이 두렵다는 생각이 들었다.

그러던 중 코로나19 바이러스가 세계를 강타했다. 마치 미래를 암울하게 그린 디스토피아 영화의 한 장면을 보는 것처럼, 하얀 방독복을 입은 사람들이 거리에서 방역 작업을 하고 있다. 국가가 사람들을 검열하고 격리하고, 중국으로 가는 항공편들이 폐쇄되고, 확진자가 나오는 국가들은 그 수치를 축소 보고하고, 온갖 루머가 사람들을 두려움에 빠뜨린다.

그런데 이 바이러스에 대해 유난히 예민한 사람들이 미국인과 유럽인인 것 같다. 나는 이번 여름방학 중에 열릴 종교간 대화에 대한 세미나를 준비하고 있는데, 나와 함께 한국에 가기로 한 동료 교수가 자기 학교에서는 중국과 한국에서 열리는 학술 활동에 대한 재정적 지원을 중단했다며 걱정스러워 한다. 또 새 학기에 중국 학생들이 이곳으로 공부하러 올 수 있을지도 의문이다. 세상은 이미 하나로 연결되어 있는데, 이 사태가 연장되면 작은 기업들과 가난한 사람들은 또 고통을 받겠구나 하는 우려를 지울 수 없는 것이 사실이다.

미국이나 유럽 사람들이 가지는 세균에 대한 공포는 흑사병을 겪은 그들의 트라우마에서 오는 것 같다. 나는 봄 학기마다 중세의 세계문화를 가르치는데, 그 수업에서 꼭 한 번 짚고 넘어가는 내용이 흑사병에 관한 것이다. 14세기에 창궐한 이 전염병은 전체 유럽 인구의 30퍼센트에 달하는 목숨을 앗아 갔으며, 중국에서 쥐를 통해 유럽에 전해졌다고 한다. 그 사건으로 유럽의 종교, 사회, 문화는 대변환을 겪게 되었는데, 특히 중세의 신관과 절대적인 종교적 신념에 대한 회의를 불러일으켜 개인주의와 인본주의를 기초로 하는 근대가 태동하는 계기가 되었다.

한편으로는 삶에 대한 불신으로 그저 죽을 때까지 즐기자는 퇴폐적인 모습도 나타났다. 이탈리아의 지오반니 보카치오는 《데카메론》이라는 작품을 썼는데, 흑사병을 피해 외딴곳의 별장으로 간 젊은이들이 세속적이고 쾌락적인 이야기를 매일 밤 들려주는 형식의 내용이다. 이 책에서 우리는 유럽의 기초였던 기독교의 권위가 무너지고 인간의 (성적) 쾌락과 자유가 강조되는 분위기를 엿볼 수 있다.

또한 흑사병이라는 주제가 담긴 영화로는 잉마르 베리만Ingmar Bergman의 명작 〈제7의 봉인The Seventh Seal〉이 있다. 십자군 전쟁 후 흑사병으로 초토화된 지역을 지나는 한 중세 기사의 이야기인데, 죽음을 의인화한 인물과 체스를 두는 장면은 너무나 잘 알려져 있다. 주인공의 신에 대한 회의와 함께, 이런 상황에서 구원은 무엇이고 어디서 계속되는가 하는 질문을 다루는 이 영화가 제시하는 답은, 결국 가난하고 순수한 광대와 그 가족의 진정한 사랑, 그리고 순수한 친절이다. 죽음과 싸우며 시간을 벌면서 그가 결국 확인한 것은 자신을 기다리는 아내의 사랑이었다.

이런 역사적 경험을 가진 유럽인들 사이에서, 최근 중국인에 대한 혐오와 아시아인에 대한 거부 반응이 눈에 띈다. 한국인 학생이 많은 이탈리아의 어느 음악학교에서는 모든 아시아인 학생의 등교를 금지했고, 파리에서는 '중국인들은 가라'는 구호도 보인다. 그에 대하여 소셜미디어에는 "나는 바이러스가 아니다*Je ne suis pas un virus*"라는 태그가 달린 창의적인 저항 메시지가 많이 올라온다. 이 구호는 신종 바이러스에 대한 적절한 반응에 대해 생각할 거리를 제공한다. 인종차별에 대한 강박을 가지고 살아가는 많은 아시아계 미국인들 사이에서도, 신종 코로나 바이러스로 인해 비이성적인 인종차별주의가 부활할지 모른다는 우려가 커지고 있다. 나치의 유대인 학살도 맹목적 혐오에서 시작된 것임을 우리는 잘 알고 있다.

빨리 신종 바이러스가 완전히 사라지고 사람들의 일상이 정상으로 돌아오기를 기도하지만, 바이러스보다 더 무서운 것은 우리가 사람으로서의 예의를 잃게 되는 것, 잘 알지 못하는 타자에게 혐오의 시선을 던지게 되는 것이 아닐까 생각해 본다. 확진자 ○번이라고 호명되는 사람이, 단지 우리에게 죽음의 바이러스를 옮길지도 모르는 어떤 불길한 번호가 아니라 같은 인간임을 기억해야 할 것 같다. 또 비이성적인 두려움에서 벗어나 친절함을 잃지 않으려는 노력이 절실하다. 타자에게로 두려움 섞인 시선을 향하기보다 내면으로 시선을 돌리는 것도 좋은 방법이다. 일에 너무 욕심 부리지 말고, 조금 천천히, 쉬어 가면서 자기 안의 면역을 높이도록 노력해야 할 것 같다.

교회들도 다양하고 창의적인 반응을 해야 한다. 이미 문을 닫고 온라인 예배를 고려 중인 교회들도 많다. 새해 사제 서품식에서는 미사 중 평화의 인사를 목례로 할 것을 권고한다는 뉴스를 읽었는데, 정말 사려 깊은 결정이라고 생각한다. 사실 성찬의 신비에 깊이 참

여한다는 것은 미사 중 포옹을 하고 양형 성체*를 영하는 차원을 훌쩍 넘어서는 일이다. 그리고 기도와 전례, 일상 안에서 타인의 아픔에 공감하는 마음을 넓히고 사랑하기를 배우는 일이다. 4차 산업혁명 시대, 글로벌 자유경제 시대에 우리가 대면한 이 위기는, 신앙을 살아내는 나의 자세와 우리 신앙과 영성의 체화된 표현인 전례를 다시 한번 생각해 보라는 초대로 느껴진다.

카뮈가 《페스트》에서 썼듯이, 우리 주변에 흑사병은 늘 존재한다. 갑자기 나타나 홀연 생명을 앗아 가기도 하고, 인간을 두려움에 떨게 한다. 그로 인해 우리는 인간 실존의 부조리를 만나기도 한다. 그런 면에서 페스트 혹은 바이러스는 전쟁일 수 있고, 폭력일 수 있고, 내 마음에 자리 잡은 욕심일 수 있으며, 때로는 질투일 수도 있다. 그래서 나도 이 압도적인 현상 앞에서 오히려 가장 인간적이고 친절하게, 그리고 따스하게 사랑하는 법을 배우고 싶다. 그리고 우리 모두가 이 신종 바

—

* 성체(그리스도의 몸)와 성혈(그리스도의 피) 모두로 이루어지는 영성체

이러스라는 두려운 위협 앞에서 참 인간이 되는 법을
향해 한 걸음 더 진화해 가기를 소망해 본다.

2020. 2

봄

2

사랑이 저만치 가네

이번 미시시피 여행은 많은 것을 정리하는 시간이었
다. 매년 3월 〈사회정의와 영성〉 수업의 현장학습으로
미시시피 오지 터트윌러에 집을 지어 주는 미션이 올
해로 12번째가 되었다. 그동안 이 미국 남부의 조그만
마을에서 만난 꼬마들이 커서 대학에 가고, 처음 만났
을 때 갈 곳 없이 방황하던 열두 살 로렌조가 이제는 내
가 데려간 학생들보다 더 나이가 많아져 버렸다.

첫해에 만난 다섯 살 꼬마들도 꽤 자라 이제 고등학
생이 되었는데, 이번 여행 마지막 날 그녀들이 우리를
찾아왔다. 마리안느는 등번호 14번을 달고 골을 넣은

비디오를 자랑스레 보여 주었으며, 예쁘장한 자밀은 미용사에서 선생님으로 꿈이 바뀌더니 이번에는 피부 미용사가 꿈이라고 했다. 3월이면 우리 학생들의 작업으로 북적대던 이 마을도, 세월이 지나면서 잠잠해졌다. 이제 우리가 머무는 임시 숙소에 와서 함께 놀아 달라고 졸라 대던 꼬마들은 더 이상 보이지 않는다. 이곳에서 만났던 사랑이 저만치 간다. 부디 행복하라고 힘껏 안아 주었다.

이번에 현장학습에 함께한 학생들은 그간의 수업에서 매주 진지하게 토론에 임했던 여학생들이었다. 그들이 이곳에서도 눈을 반짝이며 피곤한 내색 없이 페인트칠을 하고, 가난 속에 무너져 내리는 집을 고치기 위해 거침없이 지붕 위로 올라가는 모습에 나는 내심 감탄할 수밖에 없었다. 하지만 여기서 학생들과 함께 새집을 지어 주는 일은 이제 마지막이다. 관리하지 못해 주저앉아 버린 집들은 계속 고쳐야 하겠지만 말이다. 미국 전역에서 온 자원봉사자들의 수고로 이곳에 지어진 새집은 30채를 넘었고, 더 이상은 공터가 없어 새로 집을 지을 수 없다. 많은 땅을 소유한 지주가 땅을 내놓지 않는 이상 그럴 것이다. 우리의 미션은 그렇게 해서 끝났다.

가난에 찢기고 부서져 슬프고 막막했던 이곳에 조그만 진료소를 짓고 주민들과 벗하며 청춘을 바친 앤 수녀님도, 동네 아주머니에게 읽기와 쓰기를 가르치며 공동체를 꾸렸던 모린 수녀님도 30년의 미션을 정리하고 떠나셨다. 그래서인지 유난히 이 마을이 고요하다. 목화가 잘려 나간 텅 빈 들판 옆으로 무너져 내리는 집들. 그리고 그 지붕들 위에 누운 3월의 저녁 햇살이 더욱 슬프다.

앤 수녀가 떠난 그해부터였던 것 같다. 아니면, 공동체를 세웠던 모린 수녀님이 떠나고였는지도 모른다. 마을 사람들과의 관계에 일어난 어떤 변화를 감지하기 시작한 것이. 마을 사람들은 외부인인 우리의 모든 스케줄을 알고 있었다. 그날도 예정대로 학생들과 밖에 나가 식사를 하고 돌아왔는데, 누군가가 들어와서 컴퓨터, 옷가지, 현금 등을 가지고 나간 것을 알게 되었다. 이제 이곳이 더 이상 가난한 사람들과의 연대를 배우는 곳으로 적합하지 않음을 느끼기 시작했다.

지난해 미션 여행 때는, 학생들의 작업을 지도하는 작업반장이 학생들을 위해 가재요리를 만들어 주겠다면서 내게 600달러를 요구했다. 십 년 넘게 한결같이 학생들에게 친절을 베풀어 준 고마운 사람이었다. 남부 사람 특유의 환대로 학생들을 맞아 주었던 그를 모두가 좋아했었는데, 이제 공동체가 무너지면서 그냥 그 동네 사람이 되는 것 같아 안타까웠다. 나는 그를 불러, 마음 써 주어 고맙지만 나에게 그런 예산이 없으니 그냥 가재를 다시 가져가라고 했다. 그러자 그는 아주 공손한 남부 스타일로, "아닙니다요, 이미 요리를 했는데요" 하고 눈을 마주치지 않은 채 완강한 태도로 서 있었다. 그래서 나는 하는 수 없이 학교에 제출해야 하니 영수증을 정확히 첨부하라고 했다. 그는 그러겠다고 하고서는 그날 다시 나타나지 않았다.

남부의 가재는 20달러 정도면 푸짐하게 먹을 수 있는 조그만 민물 가재다. 이 음식을 놓고 오랜 동안 함께 일해 온 미션 파트너인 나에게 바가지를 씌운다는 사실이 너무 충격적이었고, 신뢰가 무너진 이 상황이 내겐 작지 않은 상처가 되었다. 하지만 학생들에겐 말하지 않았다. 가난한 사람들과 연대한다는 그들의 꿈이 부서지는 것이 너무도 마음 아파서. 그러면서 나는 나의 수업과 프로젝트를 놓고 식별을 시작했다. 과연 이 여행을 계속해야 할까? 심리학자 아들러는 '어떻게 헤어지는 것이 좋은가'를 늘 생각하는 지혜에 대해 이야기했다. 사랑이 저만치 갈 때, 우리는 어떻게 이별해야 하는가.

식별 작업으로, "시작하는 때가 있으면 마치는 때가 있다"라는 말씀을 놓고 하나하나 따져 보았다. 먼저, 이곳이 안전한 곳일까 하는 의문이 들었다. 공동체 의식과 인간적 유대가 사라진 곳에서 집을 지어 주는 일은 그저 건조한 노동으로 비쳐지기 시작했다. 그래도 남부의 문화와 인종차별과 저항운동을 공부하고 학생들과 함께 열흘을 보내는 일은 여전히 의미 있는 작업임이 틀림없다. 학생들에게는 졸업하기 전에 꼭 한번 듣고 싶은 과목으로 이미 자리를 잡은 상태다. 매일 밤 우리는 함께 가톨릭 사회정의에 비추어 우리의 경험을 나누고 분석했으며, 자신의 모습을 정직하게 바라보았다. 그리고 성찰한 모든 순간이 곧 학습이고 중요한 의미가 됨을 함께 이야기했다.

　그러는 가운데 그 작업반장이 또 학생들에게 저녁을 차려 주고 싶다며 사기를 쳤고, 이번에는 학생들에게 정직하게 우리가 직면한 상황을 설명했다. 그리고 그들에게 가난이 무엇이냐고 물었다. 그러자 학생들은 가난한 동네에 살면서 당했던 일들, 월세를 내기 위해 팔려고 했던 엄마의 보석을 도둑 맞은 일, 강도의 총에 맞아 동생이 죽은 일 등, 자신들이 직접 체험한 가난에 대한 이야기들을 들려주었다. 그러면서, 가난은 정말 절박한 거라고 했다. 가족을 살리기 위해선 무엇이라도 해야 하는 것이라고도 했다. 그렇다. 미국에서 제일 가난한 이 마을 사람들은 절박한 것이다. 그래서 우리는 그저 상황을 담담하게 보아 넘기기로 했다.

　나는 이 상황을 성숙하게 이해하도록 해 준, 아직 어린 내 학생들이 경험한 가난에 마음이 아팠다. 그러면서도 사랑과 희망을 품어 찬란히 빛나는 그들의 젊음에 마음이 놓였다. 가난은 언제나 여지없이 우리를 무너뜨리고, 윤리적 판단을 놓치게 하고, 또 우리의 일상을 초라하게 만들 것이다. 하지만 다가오는 내일을 맞

가난으로 무너져 내리는 미시시피의 집들

는 성숙한 젊은 세대가 있기에 평화롭게 이 미션을 정리할 수 있다는 확신이 들었다. 그러고 보니 나는 이 열두 번째 미션 여행을 통해, 학생들을 통제하기보다는 철저히 신뢰하고 존중하는 법을 배운 것 같다. 통제하려는 욕구는 내 안의 두려움과 불편함에서 오는 것이라는 사실도 배운 것 같다. 그렇게 나의 식별 작업은 마무리되었다.

마지막 미션을 마치고 집으로 돌아가는 길. 몸은 무거워도 마음은 가볍다. 차창 밖으로 저만큼 멀어져 가는 사랑했던 남부 미시시피의 마을이며 흙이며 이젠 훌쩍 커 버린 꼬마 친구들, 이제는 안녕, 또 안녕!

2020. 3

'줌' 시대의 부활절

아침 햇살이 좋은 부활의 아침, 나는 컴퓨터를 켜고 부활 대축일 미사를 드렸다. 요즘 나는 코로나 바이러스 때문에 모든 수업을 온라인으로 진행하고 있어서 다락방에다 아예 사무실을 꾸몄다. 다락방에서 맞는 부활의 아침, 하늘을 향해 난 창을 통해 보이는 나무, 그리고 새들의 소리가 무척 정겨웠다. 미사에는 평소에 자주 만나지 못하던 졸업생들도 있어서, 채팅창에 서로 반가운 인사를 띄우면서 미사를 드리는 것이 오히려 재미있었다.

처음에는 성주간의 장엄한 전례가 과연 온라인으로

어떻게 진행될까 궁금하기도 하고 걱정스럽기도 했던 것이 사실이다. 그런데 성목요일 미사에서 친근한 얼굴들을 본 순간, 좀 허술하면 어떤가 하는 생각이 들기 시작했다. 우리 학교의 전례는 세족례마저 생략한, 어찌 보면 지극히 단순한 미사였는데, 오히려 예수님이 돌아가시기 전날 밤의 식탁에서 느꼈을 법한 소박하고 친밀한 감동이 느껴졌다. 신부님은 이런저런 말을 하기보다, 그저 세상의 모든 아픔과 두려움을 봉헌하자고 말씀하셨다.

코로나 바이러스가 우리 삶을 이렇게 송두리째 바꾸어 놓으리라고는 그 누구도 생각지 못했을 것이다. 얼마 전까지 인류가 '기원전'과 '기원후' 대신 '구글 전 BG'과 '구글 후 AG'로 나뉜다고 농담들을 하곤 했는데, 이제는 더 나아가 밀레니엄 세대를 일컫는 'Z세대'라는 이름이 '줌 Zoom 세대'*의 Z를 따온 것이라는 농담이

---

* '줌'은 화상 회의와 온라인 회의, 채팅, 모바일 협업을 하나로 합친 원격회의 서비스를 제공하기 위해 미국 기업이 개발한 플랫폼이다.

생겨났다.

성금요일에는 놀랍게도 지구 이곳저곳에서 줌 전례 초대가 왔다. 덕분에 콩고에서 바친 십자가 예절을 포함해 여러 전례에 참석할 수 있었다. 내게 가장 좋았던 십자가의 길은 메리놀 수도회에서 만든 것으로, 이번에는 생태와 경제를 다루었다. 인간의 욕망이 낳은 과소비와 자연재해, 이민자의 고통, 노동자 인권 문제 등을 예수 수난의 길 위에서 함께 아파하며 기도했다. 그리고 늘 보던 친구들이 모인 학교 채플의 성금요일 예절도 좋았다. 침묵 가운데 화면에 비친 친구들의 얼굴을 보면서, 함께 십자가를 응시하며 같은 곳을 향해 가고 있는 그들의 모습에서 큰 위안을 받았다.

잠시 산책을 하고 들어와 조르주 루오의 《미제레레》를 묵상했다. 마침 어떤 분이 자신의 블로그에 작품 58개와 제목을 모두 올려놓아서, 감사한 마음으로 기도할 수 있었다. 루오는 제1차 세계대전으로 고통받는 인류와 세상 속에서 그리스도의 수난을 보았고, 아픔과 어둠 속에서 희망을 보았다. 역병이 창궐한 2020년의 성금요일을 지내며 바라본 《미제레레》는 아프고도 또 아름다웠다. 특히 제22번 〈어떤 일이 되었든, 척박한 땅에 씨를 뿌리는 아름다운 성소〉는 내가 참 좋아하는 작품이다. 이번 성금요일에도 이 작품을 묵상하면서, 큰일은 못하겠지만 내게 주신 작은 일들은 성실하게 해 나가리라 결심해 보았다.

그리고 부재를 체험하는 성토요일이 왔다. 아무것도 없기에 철저히 희망하며 기다리는 날. 나는 어느 잡지사에서 진행한 교황의 인터뷰를 다시 찬찬히 읽어 보았다. 교황은 온 인류가 겪는 불행과 불안을 불확실성이라는 단어로 설명하고 있었다. 병실과 의료 시설의 부족으로 많은 사람이 절망하며 죽어 가고, 하루 벌어 하루 먹고사는 가난한 사람들은 생존의 위협을 느끼고, 무엇보다 그 누구도 이 역병이 언제 끝날지 알지 못하는 상황. 이에 교황은 불확실한 시대를 살아가는 방법으로서 기억할 것, 창의적일 것, 유대와 연대를 잃지 말 것을 권고하셨다.

어쩌면 이번 코로나 바이러스는 불확실한 삶의 본질을 우리에게 분명히 상기해 주고 있는 것인지도 모른다. 무엇이든 다 할 수 있을 것처럼 여기며 사는 현대인들에게, 인간은 나약한 피조물이며 인생은 한 토막 꿈과 같은 것임을 가르쳐 주는 것인지도 모른다. 그러니 신앙인은 고통을 겪지 않는 사람들이 아니라, 고통 속에서 삶의 본질을 보고 불확실한 현실 너머로 영원을 감지하는 사람들임을 알려 주고 있는 것이다.

성주간을 보내고 부활 대축일을 보내며, 전례에 대한 이런저런 생각을 하게 된다. 늘 흠 없이 잘 짜여 있었던 전례가 사라진 뒤, 우리는 예수님의 제자들처럼 집 안에서, 그리고 불확실성 속에서 아직은 어색한 온라인 전례를 드렸다. 함께 모이는 장소가 아니라 함께 만드는 공간에서 말이다. 그런데 이 변화가 싫지 않았다. 이 변화는 마치 내게, 기도란 좀 더 깊은 내면으로 들어가야 하는 일이며 우리의 전례는 새로워질 필요가 있다고 이야기하는 것 같다.

문득 사마리아 여인에게 하신 주님의 말씀이 마음속에 맴돈다. "진실한 예배자들이 영과 진리 안에서 아버지께 예배를 드릴 때가 온다. 지금이 바로 그때다."(요한 4:23). 그러므로 우리는 부활 성야 빛의 예절 때 밤공기를 가르며 풍겨 오던 향 내음이나, 십자가 예절 때 만지고 경배하는 십자가를 그리워하는 데 그칠 것이 아니라, 전례의 새로운 감성을 지속적으로 만들어 가야 하는 것은 아닐까? 참된 경배를 위해서.

그러고 보니, 사람들은 이미 창의적인 경배를 시작한 것 같다. 사람들은 사회적 거리 두기를 하면서도 여전히 따스하게 소통하고 있다. 우리 동네 사람들은 마치 인사를 하는 것처럼 보이는 테디베어 같은 인형들을 창문에 세워 놓는다. 그리고 무지개를 그려서 대문에 붙여 놓은 집들도 많다. 여기서 무지개는 모든 사람이 똑같이 의료 혜택을 받기를 기원하는 마음의 표현이다. 그리고 유리창에 세워 놓은 인형들은 이 어려운 시기에도 봉사하는 의료 종사자들, 우편배달부, 식료품 점원, 약사, 미화원 같은 이들에게 감사의 마음을 전하는 신호다.

거리를 산책하는 사람들도 한산한 거리에서 어쩌다 마주치면 다양한 방법으로 서로 인사를 나눈다. 이런 힘든 시기를 같이 견뎌 나가자는 연대의 신호들이다. 또 매일매일 재미난 이야기를 보내 주는 친구들도 있고, 페이스북에 자기는 화장지가 넉넉히 있으니 필요

인사하는 인형들.
거의 모든 집 창문에 이런 인형이나 포스터가 붙어 있다.

하면 알려 달라거나, 음식이 넉넉히 있으니 혹시 필요하면 가져가라는 광고도 있다. 이처럼 배고픈 사람들과 집 없는 사람들의 손을 잡는 것, 사소한 일상 너머에 자리한 하느님의 사랑을 만지는 것이 이 시대의 참된 경배일지도 모른다. 우리는 사랑할 때 창의적인 존재가 된다.

바로 이와 같은 부활절 아침, 우리는 사랑하는 벗들과 함께 빈 무덤을 만났다. 빈 무덤은 부활의 빛 속에서 새로운 생명을 살아가라는 초대다. 이제 다시 일상 너머로, 텅 비어 있는 그 공간을 창의적으로 만나야 한다. 그 새로운 공간, 그러니까 복음서가 새롭게 읽히고 새로운 전례가 시도되는 그 공간은, 결코 지루할 새가 없으며 틈새도 아주 많은 곳이다. 바로 그 틈새로 우리는 지금까지 알지 못했던 하느님을 만날 것이며, 어쩌면 그 틈새들을 창의적으로 채워 가는 것이 우리에게 주어진 소명일지도 모른다. 그런데 여기서 필요한 창의성은 오직 사랑에서만 나오는 것이다. 그러므로 예수 부활을 노래하는 우리 앞에 놓인 빈 무덤은, 결국 갈릴래아 저잣거리에서 사랑을 배워 나가라는, 불확실성

속에서 생명을 선택하라는 예수 그리스도의 초록빛 초
대다.

2020. 4

불확실함과 친해지기

우리는 확실한 것을 좋아한다. 매사가 분명한 사람, 잘
계획하는 사람들을 믿을 만한 사람이라고 여긴다. 그
러면서 우리는 점점 '이대로만 하면 내 삶은 걱정할 것
이 없다'고 믿기 시작한다. 좋은 학교에 가고, 좋은 직
장에 다니고, 좋은 신앙생활을 하면 내 삶은 영원한 보
험을 든 것처럼 확실하다고 은연중에 생각한다. 솔직
히 말하면, 그렇게 믿고 싶은 것일지도 모른다.

   젊은 시절에 함께 주일학교 교사를 하던 친구가 자
기는 가톨릭을 떠났다고, "너는 구원의 확신이 있느
냐"고 내게 물었다. 그러면서 자신이 다니는 교회에서

는 구원의 확신을 준다고도 말했다. 나는 그 친구와 대화를 나누다 마음이 답답했다. 누가 하느님의 구원을 확신한다고 말한다면, 바로 그 말 자체가 그 사람은 구원이 무엇인지 모르는 사람임을 드러내는 것 아닐까?

요한복음 9장에는 예수님이 바리사이파 사람들에게 "너희가 '우리는 잘 본다.' 하고 있으니, 너희 죄는 그대로 남아 있다."라고 말씀하시는 장면이 나온다. 무언가를 안다고 확신하는 사람들이 나는 무섭다. 내가 확신하는 것은, 내가 무한이신 하느님을 아직도 잘 모르며, 그저 그분을 알고자 하는 갈망을 따라 살다가 마침내 그분 자비 앞에 서게 되리라는 것뿐이다. 무언가를 확신한다는 것은 맹목이며, 삶의 본질에 눈을 감는 자세라고 생각한다. 그래서 불확실성을 받아들이고 그 안에서 작은 기쁨을 찾고 행하는 것이, 내게는 이 시대를 사는 지혜로 여겨진다.

여하튼 이번 코로나 사태로 우리는 적당히 덮어 두었던 우리의 본모습을 들키기 시작하는 것 같다. 너무도 확실하고 분명해 보였던 세상의 질서가 코로나를 계기로 하나하나 불편한 의문을 제기하기 시작했다.

우리는 미국이나 유럽을 동경하면서 늘 선진국이라는 칭호를 사용했다. 그런데 이번 일로 인해 이 나라들의 속살이 적나라하게 드러났다.

내가 사는 미국에서는 코로나 검사조차 못 받는 가난한 사람들이 먹고살기 위해 노동을 하게 해 달라고 항의를 하고 있다. 내 학생들 중에는 가족의 생계를 책임지기 위해 온라인 수업에 들어오지 못하고 하루에 열두 시간 넘게 일하며 피곤한 일상을 이어 가는 이들이 많다. 얼마 전 〈사회정의와 영성〉 수업으로 함께 남부에 다녀온 학생들에게 안부 문자를 보냈는데, 여러 학생이 생명을 담보로 하는 고강도의 노동을 하고 있었다. 아메리칸 드림은 어디로 간 것인가? 세계에서 가장 잘산다는 미국에 살면서도 정작 가난한 대학생들은 공부라는 본업에 집중하지 못할 정도의 노동에 시달리고 있다. 무엇이 확실한 것일까? 삶 자체가 불확실한 것인데, 무엇이 확실할 수 있을까?

하지만 그럼에도 삶은 현재 진행형이다. 여전히 집에 머무르라는 명령이 선포된 가운데, 꽃은 활짝 피었고 꼬맹이들은 키가 한 뼘 더 자랐다. 우리 학생들은 온

모든 것이 멈춘 듯한 코로나 시대에 파란 생명을 활짝 피운 들꽃

라인으로 졸업을 했고, 소셜미디어에 자신들이 이루어 낸 것에 대한 기쁨을 한껏 표현했다. 나도 열심히 '좋아요'를 누르며 이 젊은이들을 힘껏 응원했다. 만약 학교에서 졸업식을 했다면, 당연히 학생들을 하나하나 안아 주며 축하해 주었을 것이다. 가난한 이민자 부모님의 딱딱하고 주름진 손등을 어루만져 드렸을 것이다. 그리고 나는 내가 몸담은 이 학교의 미션을 다시 한번 생각하며 학생들에게 축복을 보냈을 것이다.

그러면서 문득, 모든 것이 가상 실재the virtual reality가 되는 이런 현실에서 만지거나 냄새 맡거나 하는 감각을 잃어버린 우리의 삶은 과연 어떤 식으로 채워질지 궁금해졌다. 우리가 사는 세상은 감각에 의해 인식되는 세계다. 성체 성사가 내게 영원한 그리움인 것은, 어린 시절 평일 미사 때 앞자리에 앉아서 보던 하얀 밀떡과 신부님이 따르시던 포도주에서 나던 아찔한 향기, 그리고 내 입안에서 가만히 녹아내리던 성체의 결 때문이다. 성체 봉사자든 사제든, 누군가가 내 손바닥에 성체를 놓아 주는 그 순간에 느껴지는 어떤 감각이 갑자기 그리워졌다.

줌으로 하는 온라인 수업도 재미있지만, 그 수업에서는 학생들의 땀이 느껴지지 않는다. 여학생들의 상큼한 핸드크림 냄새도 나지 않는다. 그리고 "너희들 공부 안 하면 죽었어" 하며 장난을 치는 재미도 더는 없다. 물론, 나는 믿는다. 이제 이 같은 새로움 속에서 새로운 세대는 자신들만의 적당한 감각을 찾아내리라는 것을. 그리고 우리의 성사도 새로운 감각을 찾아내리라는 것을.

코로나 바이러스가 세상과 교회를 어떻게 바꾸어 놓을지 이야기하는 것은 아직 시기상조인 것 같다. 하지만 분명한 것은 이 바이러스로 인해 전혀 새로운 삶의 방식이 도래할 것이라는 점이다. 인류 문명은 순차열의 배열처럼 '1, 2, 3, 4…'로 변한다기보다, 어느 순간 여러 요인이 작용하여 '1, 2, 9…'로 갑자기 뛰어오르면서 변화해 왔다. 그리고 이런 변화가 생길 때마다, 혹은 새로운 세계가 도래할 때마다 많은 사람이 고통을 겪었음을 우리는 역사 시간에 배웠다. 산업혁명 시대에 기계가 등장하면서, 많은 사람이 일터를 잃고 배고픔으로 죽어 간 것처럼 말이다. 그럴 때마다 신앙인들은 당면한 사회 속의 과제를 바라보았고, 고통받는 그리스도를 뵈었으며, 거기서 신앙의 가치와 역설적 아름다움을 찾았다.

오늘날 우리가 사는 시대를 우리는 글로벌 자유경제 시대라고 부른다. 이 체제는 소비에 대한 욕망에 기반해 더 많이 사고 더 많이 낭비함으로써 굴러가는 경제 체제다. 한편으로는 가지지 못한 자의 아픔도 너무 빠르게 가까이 대해야 하는 시대이기도 하다. 그런데 이번 코로나 사태로 이 경제가 잠깐 주춤했다. 매일 밖에 나가서 하던 숱한 소비 활동들이 멈추어 섰다. 일각에서는 앞으로 무한정의 소비를 부추기는 세상은 돌아오지 않을 거라는 이야기가 들려온다. 갑자기 멈추어 선 지구에 생명과 자연이 다시 돌아왔다고 기뻐하는 모습도 보인다. 그런데 많은 과학자들은, 이에 대한 반작용으로 더욱 자연을 파괴하는 개발 모드가 가속화되리라는 우려를 표명한다.

온 지구가 아직도 코로나 사태에서 벗어날 기미를 보이지 않는다. 우리는 아직 교회가 어떻게 변해야 하고 세상은 어떻게 변해야 하는지 확실히 알지 못한다.

그러나 인류가 이 시기를 창의적으로 견디고 바꾸어서, 욕구 중심의 소비경제가 아니라 분배 중심의 공생경제로 나아가길 소망해 본다. 외양만을 보는 감각의 세상에서, 내면의 결과 향을 함께 보고 느끼는 진정한 감각의 세상을 향해 온 인류가 함께 나아가기를 소망한다. 그리고 가난한 자의 땀과 눈물이 잘 보이는, 그래서 글로벌한 세상 한가운데서도 그들의 아픔과 소외를 어루만질 수 있는 세상이 되기를 소망해 본다.

바로 이런 것들이, 코로나로 잠시 멈춘 세상에서 그리스도를 따르는 우리가 기도할 내용들일 것이다. 그러므로 우리는 불확실한 현실 너머의 희망을 기도해야 할 것이며, 또한 나는 불확실성의 시대로 성큼 뛰어든 사랑하는 학생들의 삶에 축복을 보낼 일이다.

2020. 5

여름

#2

"같이 춤출래요?"

온 세상이 코로나19 팬데믹으로 고통받고 있는 중에 미국에서는 오랜 고질병이 터졌다. 마틴 루터 킹의 "나는 꿈이 있습니다" 연설이 울려 퍼진 지 50주년이 지난 오늘에도 미국 사회에는 여전히 구조적 인종차별이 극심하다. 특히 미국 사회가 마약 범죄와의 전쟁을 선포한 후 경찰은 무기를 소지하게 되었고, 그 뒤 많은 유색 인종, 특히 흑인들이 교도소로 갔다. 미국 사회 내 흑인 공동체를 들여다보면 아버지가 없는 경우가 허다하다. 영화나 대중매체들은 가정을 돌보지 않는 무책임한 흑인 아버지들을 묘사하지만 사실 미국의 많은 흑인 아

거리에 붙은 포스터.
경찰에 살해된 브리아나 테일러와 조지 플로이드를 추모하고,
트럼프를 노골적으로 비난하는 내용이다.

빠들은 감옥에 가 있다. 그곳에서 그들은 계속해서 값싼 노동력을 제공하고, 그 이익은 다시 거대 자본가의 손에 들어간다.

이런 미국의 현실을 가장 잘 분석한 사람이 《새로운 짐 크로》의 저자 미셸 알렉산다다. 이 책에서 그는 인종차별을 합법화했던 짐 크로 법이 이제 모습을 바꿔 많은 사람을 합법적으로 가둠으로써 인권운동을 억압하고 있다고 주장한다. 내가 가르치는 〈사회정의와 영성〉 수업을 듣는 학생들 중 다수가 유색인종인데, 그들은 이 책만큼은 처음부터 끝까지 정독한다. 요즘 학생들이 자발적으로 책을 한 권 읽는 것은 정말 드문 일인데, 이 책을 온라인 수업 웹사이트에 소개하면, 많은 학생이 책 전체를 읽고 싶다는 의향을 나타낸다.

요즘 나는 한 학기 수업 계획안을 일부러 느슨하게 짜는 편이다. 학생들이 요구하는 내용을 더 넣어서 함께 공부하기 위해서다. 그러다 보면 학생들이 스스로 수업을 이끌고 싶어 하고, 몇몇 학생은 자연스럽게 토론을 주도하는 리더로 등장한다. 그러면 나는 기꺼이 자리를 내어 준다. 그럴 때마다 늘 나오는 주제는 경찰

앨러미다에서 일어난 자동차 평화 시위.
"흑인의 생명도 중요하다"라고 쓴 손팻말을 들어 올리고
운전석에서는 계속 경적을 울리며 축제 분위기로 진행되었다.

의 폭력이다. 수년째 경찰의 폭력에 흑인들이 목숨을 잃었고, 이에 대한 저항으로 "흑인의 생명도 중요하다 Black Lives Matter" 운동이 시작되었다. 그런데 이번에 미니애폴리스에서 조지 플로이드George Floyd가 "숨을 쉴 수 없다"고 호소하다 목숨을 잃었고, 이 사건을 계기로 온 나라가 저항 시위에 들어갔다. 사람들은 왜 하필 지금이냐고 말하기도 하는데, 나는 결국 인종차별 문제는 오랫동안 지속되어 온 경제적 불평등과 연결된다고 생각한다.

이번 코로나 바이러스로 가장 많이 목숨을 잃은 사람들이 바로 흑인이다. 집에 머물러야 한다는 명령이 내려져도, 가난한 사람들(대다수가 흑인 및 다른 유색인종, 이민자들로 구성된)은 하루치의 빵을 벌기 위해 거리에 나서야 한다. 재택근무는 그것을 할 수 있는 조건이 되는 사람들에겐 다소 불편한 상황일 뿐이겠지만, 많은 가난한 이들, 집이 없어 거리에 나앉은 사람들에게는 결코 실행할 수 없는 명령이다. 그리고 이런 생사를 오가는 상황 속에서 사람들은 거리에 나가 시위를 하는 것이다.

내가 사는 앨러미다는 그런 일과는 거의 무관한 안정된 작은 동네라 시위가 있으리라는 기대를 하지 않았는데, 지난 금요일에 차를 타고 진행하는 드라이브 스루 시위가 있었다. 한쪽에서는 사람들이 평화롭게 걸으며 "흑인의 생명도 중요하다"를 외쳤다. 나도 두 시간 정도 걸었는데, 시위에 참가한 사람들은 대부분 젊은이들이었다. 그들은 소리를 지르고 환호하면서, 새로운 세상을 외치고 있었다. 왈칵 눈물이 났다. 이번에는 마틴 루터 킹이 외친 그 꿈, 한 사람의 인격이 피부색이 아니라 개개인의 고유한 특성으로 인정되기를 염원하는 그 거룩한 꿈이 꼭 이루어지기를 기도했다.

그리고 다음 날 아침, 나는 누군가가 내 차의 유리창을 부수고 차 안을 뒤지고 간 것을 보았다. 저항 운동이 약탈로 이어지는 이 현실이 마음 아팠다. 실제로 로스앤젤레스와 시카고 등 한인들이 사는 지역의 가게들이 약탈을 당했고, 모든 것을 잃고 힘들어 할 동포들의 아픔이 느껴졌다. 그러나 이것도 삶의 일부로 받아들이기로 했다. 세상은 늘 움직이고, 변해 간다. 어떤 부분은 천천히 바뀌고, 어떤 부분은 갑자기 바뀐다. 마치 강물이 흘러가듯이 잔잔한 물살로 흘러가기도 하고, 걷잡을 수 없는 거센 물결로 흘러가기도 한다. 그리고 그렇게 한 세대가 또 다른 세대로 흘러간다. 세상이 아픈데, 나는 유리창이 부수어진 내 차가 더 아프게 느껴진다는 게 부끄럽다. 그러나 그것도 인정하기로 한다. 그리고 세상이 아픈데 유리창이 대수인가 하고 마음을 고쳐먹기로 했다.

그리고 보니 우리는 모두 이 세상에서 함께 춤을 추고 있는 것 같다. 세상의 아픔 속에서 거룩한 꿈을 꾸면서, 그리고 기억하면서. 성찬 전례에서 빵을 뗀다는 것은 결국 그리스도의 사랑을 기억하면서, 그리고 이루어질 하늘나라를 꿈꾸면서 아픔을 끌어안는 행위다. 그 사실은 우리가 어느 세대에 속해 있든, 또 어느 곳에 있든 동일할 것이다. 그렇게 우리는 춤을 추는 것이다.

오늘 삼위일체 대축일 미사를 춤으로 거행하면서, 나는 하나의 커다란 삼위이신 하느님의 춤을 생각했다. 그리스어로 삼위이신 하느님의 존재를 가리키는 단어는 '페리코레이시스*Perichoresis*'로, 성부와 성자와 성령께서 서로 사랑의 리듬에 맞추어 다름 속에서 일치를 이루고, 서로 감싸 안고 또 받아들이면서 춤을 춘다는 뜻이다. 그렇다면 우리 공동체도, 우리가 사는 동네도, 나라도, 그리고 이 세상도 그렇게 춤을 배워야 할 것이다. 자기가 입은 손해에만 머리를 처박지 말고, 옆에 있는 존재의 손을 잡고 다가오는 리듬에 맞추어 춤을 추어야 한다.

이 삼위이신 하느님의 춤을 가장 아름답게 표현한 사람은 아마도 작가 C. S. 루이스가 아닐까 한다. 그는 《순전한 기독교Mere Christianity》라는 책에서 "삼위일체 하느님의 생명이 보여 주는 춤, 드라마, 혹은 패턴 전체는 우리 각자의 생명 속에서 재현되어야 한다. 바꾸어 말하면, 우리 각 사람은 그 춤에 참여해야 한다"고 말했다. 친동생 같은 제자가 보내 준 메시지에서 발견한 문구인데, 이 글을 쓰는 삼위일체 대축일 아침에 더 깊이 마음에 와 닿는다.

바람이 분다. 세상이 어둡고, 아직 새 하늘 새 땅은 이루어지지 않았다. 하지만 삼위이신 하느님께서 춤추고 계시니 우리는 춤을 계속 추어야 한다. 그리고 새로운 세대, 젊은 그대들이 이 춤을 이끌도록 나는 몸을 낮

추고, 그대들이 나를 딛고 높이 서게 해야 한다. 나의 내일인 그들은, 눈을 반짝이며 세상을 바꾸고 싶어 하는 내 흑인 학생 자밀이며, 한국 홍대 어느 카페에서 노래를 하는 누군가이기도 하고, 어느 성당 주일학교 교사 청년이기도 하며, 낯선 한글을 배우며 일하는 외국인 노동자이기도 하다.

이렇게 춤을 추면서 내가 겨우 알아낸 한 가지는, 내 춤은 그저 강의실에서 '우리 춤출래? 자, 이제 네가 이 춤을 인도하렴' 하는 손짓과 몸짓이라는 것. 코로나로 멈춰 버린 것 같은 세상 한복판에서, 그래도 우리는 계속 춤을 출 것이다. 그러면 거룩한 꿈이 어느새 우리에게 다가와 있을 것이다.

2020. 6

매우 색다른 이 여름에

나는 7월이면 으레 가방 한 개를 달랑 들고 한국에 가곤 했다. 인사동 찻집에서 친구들을 만나 대추차를 마시며 늦게까지 이야기를 나누었고, 길에서 떡볶이와 튀김, 김밥을 사 먹는 행복도 누렸다. 남대문시장을 기웃거리며 여름 한 철 입을 예쁜 냉장고 바지를 사면서 흡족했으며, 여러 가지 새로운 작업들을 좋아하는 사람들과 함께 꿈을 꾸면서 참 행복했었다. 그런데 그렇게 고향에서 열심히 새로운 것을 배우며 즐거움을 누렸던 나의 여름은 사라지고 말았다.

내가 일하는 대학은 이 코로나 시대에 과연 살아남

ㅇ

팬데믹이 우리를 초대하는 자리는
결국 자기 마음을 찬찬하고 따스한 시선으로 들여다보는 일.
어느 고즈넉한 저녁, 하얀 물새가 마치 자기를 잊은 채 사색에 잠긴 듯하다.

을 수 있을까를 두고 고민하기 시작했다. 온라인 수업을 원칙으로 하면서 약간의 대면 수업을 병행하는 시스템을 만들었고, 뉴스는 미국 대학의 절반가량은 문을 닫을 수도 있다고 무섭게 경고한다. 비교적 안전한 편이었던 우리 동네에도 하루에 몇 백 명씩 확진자가 생겨나고 있다. 그런데 이런 상황에도 여전히 마스크를 쓰지 않는 사람들을 보면, 잘 안다고 생각했던 미국 사회에 대해서도 깊은 의문이 들기 시작한다.

서구의 개인주의는 근대가 시작되는 17세기로 거슬러 올라간다. 개인의 주권을 지키는 것이 절대 주권에 맞서는 방법이었기에, 기사 계급이 아닌 시민 개인들은 목숨을 걸고 싸워 개인의 권리와 자유를 획득했다. 그래서인지, 서구인들은 무엇을 하라는 요구를 들으면 자기 존재 자체가 거부되는 듯한 느낌을 받는 것 같다. 하지만 내게는 주체의 자유를 전제로 하는 이들의 개인주의와 '나'만 생각하는 자기중심적 이기주의가 그다지 달라 보이지 않는다. 내가 코로나를 이겨 낼 자신이 있으면 그만인 것이 아니라, 나로 인해 타인이 코로나에 감염되는 것을 막기 위해 마스크를 써야 하는 것이다. 타인을 고려하지 않는 개인주의는 병적인 자기 도취로밖에 보이지 않는다.

이렇듯 모든 숨겨진 실체를 드러내는 글로벌 시대의 역병 코로나로 인해 우리는 서행하면서 그간 당연시했던 모든 전제를 의심하고 질문한다. 우리가 알던 선진국은 어디이고, 세상의 중심은 어디인가? 개인의 자유와 권리를 추구하는 서구의 사고방식은 절대적인 가치를 지니는가?

그러고 보니, 이렇게 멈추어 버린 세상 속에서 얻는 어떤 소중한 깨달음이 있는 것 같다. 이 지구라는 행성에 살고 있는 많은 생명은 긴밀히 연결되어 있으며, 이 세상은 피라미드처럼 높고 낮은 수직 구조를 이루는 것도, 주변부와 중심부로 구분된 것도 아니라는 것이다. 그리고 이와 관련된 또 하나의 중요한 깨달음은, 우리는 주어진 시간에 잠시 머물다 떠나는 나그네들로, 오직 중심의 자리에는 창조주이신 하느님을 모시고 살아가야 한다는 것이다. 즉, 우리 마음과 세상의 중심은 오직 하느님의 자리로 남겨 두라는 것.

어떻게 보면, 첨단 과학이 발달한 21세기를 살며 인

공지능과 함께 살아갈 미래를 이야기하던 우리에게 역병이라는 현상은 매우 낯선 것이다. 로마의 멸망이나 중세의 흑사병, 스페인 독감 같은 역사적 사건들을 공부할 때도, 설마 내가 살고 있는 이 시대에 그런 일이 일어나리라고는 결코 생각하지 못했다. 하지만 인류의 역사를 들여다보면, 거의 모든 세대의 사람들이 여러 가지 재해로 고통을 받았고, 또 배가 고팠다. 물론 지금도 여전히 많은 사람들이 재해나 가난으로 인해 고향을 떠나 지구를 떠돌며 고난을 겪고 있다. 그러니 고통은 결국 인간의 실존적 조건이라고 할 수 있으며, 그 가운데서 많은 인간은 초월적 존재인 신을 떠올린다. 그렇다면 오늘 우리가 겪고 있는 이 코로나19 팬데믹이라는 경험은 자신의 신앙 여정에서 무엇을 가리키는 이정표일지 가만히 생각해 볼 시간이 된 것 같다.

코로나로 인해 우리 수도회는 줌으로 총회를 하는 중이다. 교사 출신이 많은 우리 수녀회의 총회는 일사불란하게 똑바로 앉아서 꽉 짜인 스케줄을 강행하기로 유명한데, 이번 총회는 아무래도 많이 허술했다. 이 회의는 여러 수녀님들이 서로 다른 시간대에 자기 공간

예수님의 십자가를 닮은 시계꽃이 진 자리에 열매가 자라기 시작한다.
코로나 팬데믹에 때를 아는 지혜를 청하는 것 같다.

에서 접속하는 형태로 이루어지기에, 가장 먼저 필요한 일은 각자의 환경과 처지가 서로 다름을 인정하는 것이었다. 대부분의 수녀님들은 눈이 빠질 만큼 충실히 컴퓨터를 주시하고 있었지만, 각자 자기의 공간을 통제할 수 있다는 이점 때문에 나로서는 좀 더 명상적인 태도로 임할 수 있었고 그래서인지 훨씬 덜 피곤했다. 너무 많은 말이 오가는 순간에는 음소거를 하고 가만히 침묵하기도 했다.

줌에서는 내가 모든 것을 볼 수 없기에 모든 것을 알 수 없다는 전제가 통용된다. 그리고 다른 참석자들이 보는 화면이 내가 보는 것과 반드시 같지 않다는 사실은 삶의 실재에 대해 생각하게 한다. 내가 보는 것을 다른 사람들도 본다는 생각은 우리의 착각이다. 같은 대상을 본다 해도 각자의 시선으로 다르게 본다는 것이 아마도 진실에 더 가까울 테니 말이다. 비대면 환경에서는, 의견을 조율해 가는 과정에서도 평상시와 달리 목소리 큰 사람에 의해 쉽게 휘둘리지 않는다. 그래서 좀 더 창의적인 아이디어가 새롭게 나올 수도 있겠다는 생각이 들었다.

이제는 수도 공동체의 리더들이 한 장소에 모일 이유도 없고, 영어나 스페인어 같은 언어만 사용할 이유도 없어졌다. 소통은 핵심 내용을 가지고 단순하게 하는 것이 더욱 중요한 시대가 되었다. 멋진 문장으로 표현하던 시대에서 분명하고 간소한 표현을 선호하는 시대로 넘어가는 것 같다. 그러려면 분명하게 사고하고 소박하고 간단하게 표현하는 연습을 해야 할 것 같다. 말하는 습관은 그 사람이 지닌 영혼의 결을 보여 준다. 그러니 다음과 같은 것들을 매일매일 수련해야 하지 않을까. 조금 가지고 만족하기, 남과 자기 자신에 대해 조금만 판단하기, 표현도 조금 줄여서 하기.

사람들은 빨리 코로나 이전으로 돌아가고 싶다고, 너무 지친다고 이야기한다. 많은 사람들이 예전처럼 비행기를 타고 세상 이곳저곳 골목길을 누비고, 광고에 나온 이미지들을 소비하고 싶어 한다. 그러나 우리는 멈추어 서서 과연 우리가 어떤 세상으로 돌아가고 싶은 것인지를 꼼꼼히 점검해야 한다.

나는 요즘도 매일매일 동네를 산책하면서, 이름 모를 아름다운 꽃이 떠난 자리에 열매가 맺기 시작하는 걸 본다. 시작하는 때가 있으면 마치는 때가 있으니, 이 코로나가 지나가면 다시 세상은 돌아갈 것이다. 하지만 그렇게 다시 시작된 세상에서는 우리가 좀 더 하느님의 사람다운 시선으로 주변을 바라볼 수 있는 태도를 지닐 수 있었으면 좋겠다. 그렇게 하기 위해서는, 지금부터 아이처럼 호기심 어리고 노인처럼 조심스러운 시선으로 세상을 바라보는 연습을 해야 할 것이다.

2020. 7

감기를 앓다가

온 세상이 코로나19 바이러스에 대처하는 문제로 걱정하는 와중에도, 익숙한 손님인 감기가 어김없이 나를 찾아왔다. 약간의 미열과 무기력과 콧물을 동반하는, 참으로 오래 앓아 온 이 감기를 만나면, 나는 즉시 무장해제가 된다. 그리고 일상을 다시금 돌아본다. 이번 여름에도 여지없이 나는 자신을 돌보지 않고 일에 매진했다. 그런데 그 일들이 싫었는가 하면 전혀 그렇지 않다. 나는 내게 주어진 일들을 즐겼고 그 시간 동안 정말로 큰 행복을 누렸다.

올해는 비행기를 타고 한국이나 베트남에 가는 대

신, 내 다락방에 꾸린 사무실에서 컴퓨터로 수업을 했다. 그리고 무엇보다 내가 제일 좋아하는 여성 피정을 진행했다. 그렇게 한 주간의 수업과 4주간의 피정을 마치고 나자 금요일 밤부터 아프기 시작했고, 하루를 꼼짝없이 쉬어야 했다.

내게 감기는 '이제는 쉬어도 좋다'는 신호 같은 것이다. 피정 마지막 날 밤, 자매들과의 깊은 대화에 마음이 너무도 벅차올랐다. 그래서 늦은 밤 커피를 마시며 함께 내적 여행을 한 길동무들을 한 사람 한 사람 기억하고 잠자리에 들었다. 그리고 기다렸다는 듯 찾아온 감기를 즐기면서, 다음 날까지 하루 종일 느릿느릿 게으름을 떨었다. 그러니 나는 감기를 좋아하는 사람이라고 말해야 할 것 같다.

그러다 갑자기 '그럼 코로나는 어떤가?' 하는 질문에 맞닥뜨리게 된다. 감기는 내게 쉬라는 신호지만 감기에 걸려도 약을 먹고 반드시 일터에 나가야 하는 사람들을 솔직히 나는 잘 알지 못한다. 그리고 얼마나 많은 사람이 감기로 목숨을 잃는지도 잘 알지 못한다. 특히 이번 코로나가 두려운 것은 무서운 속도로 감염되고 또 지금까지 정말 많은 사람이 목숨을 잃었다는 점일 것이다. 그럼에도, 감기가 가볍게 쉬어 가게 하는 8분쉼표라면 코로나는 좀 더 길게 쉬어 가야 하는 온쉼표가 아닐까 생각해 본다.

감기를 앓을 때면 나는 약간의 우울에 젖는다. 정신분석학자 줄리아 크리스테바 Julia Kristeva 는, 이런 우울감이 언어로 규정할 수 없는 어떤 것을 잃어버렸거나 가질 수 없는 데서 온다고 이야기한다. 그래서 모든 우울감은 신비주의와 연결된다는 것이다. 실제로 정신없이 돌아가는 시간표라는 기차에서 내려 바라보는 세상에서는, 새로운 계절이 보이기도 하고 멀어진 친구의 뒷모습이 보이기도 한다.

어쩌면 코로나 바이러스로 많은 사람들이 우울감에 빠져 있는 오늘의 상황 역시 이런 관점으로 바라보아야 할지도 모르겠다. 신자들의 경우 당장 달려가 교회 공동체에 헌신하고 싶은데 발목을 잡는 이 상황이 짜증스러울 것이다. 하지만 이런 우울함은 신비가가 되라는 초대인지도 모른다. 내가 알고 있는 교회, 그간 성실히 지켜 온 규칙 같은 것들을 마치 깨끗해진 빨래를 털어 햇빛 아래 널듯 펼쳐 내보이는 시간을 가지라는 초대일지도 모른다.

그동안 세상은 많은 의미와 부호를 가지고 맞는 것과 틀린 것을 구분했다. 규칙을 만들고, 금을 긋고, 누구는 들어올 수 있지만 누구는 들어올 수 없다는 여러 조항을 만들었다. 그런데 보이지 않던 것들이 드러나는 이 팬데믹 상황은 그런 것들이 자기중심적인 몸짓이고 결국 자가당착에 이르는 일은 아닌지 생각하게 한다. 제도 교회도 결국 이런 상징과 규율로 가득 채워진 시스템은 아닌지, 그래서 지나치게 번잡해진 것은 아닌지 생각해 본다.

요즘 한국사회를 달구고 있는 〈포괄적 차별금지법〉에 대한 논란을 지켜보노라면, 성소수자 공동체에 대해 신앙인들이 느끼는 불편함이 그 한가운데 자리하고 있음을 알 수 있다. 그런데 개인의 불편한 부분을 조금 내려놓고 보면, 법은 도덕률의 최소한인데 도덕과 율법을 넘어 사랑을 선택하기로 한 신앙인에게 왜 이 법이 불편해야 하는 건지 의문이 든다. 아마도 요즘 베트남의 예수회원들에게 섹슈얼리티에 관한 신학 수업을

코로나 팬데믹을 지나는 시간이 우리가 불편해 하는 것들,
익숙한 규칙들을 빨래를 널듯 펼쳐 보이는 시간이 되기를 희망한다.

하고 있기 때문에 더 민감하게 이런 의문이 드는지도 모르겠다. 수업에서 나는 젠더라는 것을 남성/여성으로 구분하기보다는 스펙트럼으로 이해하는 현대의 접근법에 대해 이야기했고, 성실하고 똑똑한 이 젊은이들은 꽤 잘 따라와 주었다.

나는 동성애를 포함한 모든 섹슈얼리티의 문제는 근본적으로 모든 인간이 하느님의 모상을 가진 동등하고 거룩한 존재라는 것과 연결되고, 그래서 결국 정의의 문제와 직결됨을 이야기했다. 또 미사를 거행하고 양을 먹이는 일, 식탁을 차리는 일과 관련된 사제직은 여성적인 일임을 말할 때는 모두가 동의했다. 물론 개인적으로 제출한 숙제를 보면, 동성애나 여타 성 문제가 제기되는 것이 불편하다는 의견도 있었고 나는 그런 정직함에 높은 점수를 주기도 했다. 또 스스로 동성애자임을 밝히는 친구들이 수도회에 입회한다면 기꺼이 함께 식별하고 도와주어야 한다는 기특한 이야기도 있었다.

이 수업에서 다룬 마지막 주제는 여성 사제직에 대한 것이었다. 특히 최근 스위스의 한 영어권 교구에서 여성 총대리가 선출된 상황, 프랑스 교회 내에 많은 여성이 부제직과 사제직에 청원서를 제출한 현재 상황, 그리고 여성 사제직에 대한 교황 프란치스코의 부정적 발언과 가톨릭 교회의 공식 입장에 대해서도 공부했다. 그러고 나서 나는 학생들에게 여성 사제직에 대한 찬반 입장을 정하고 그 이유를 설명하라는 토론 주제를 주었다. 반대하는 그룹은, "전통을 우리가 바꿀 수는 없으니 현재로서는 순명하자"라고 했고, 찬성하는 그룹은 "우리가 공부한 성 평등 차원에서는 여성도 사제가 되어야 한다"고 이야기했다.

그리고 마지막 한 그룹은, "예쁜 여성이 사제가 되면 너무 아름다워서 정신을 놓게 되고, 그러면 하느님을 경배할 수가 없다"고 이야기했다. 나는 한참 깔깔 웃고 나서, "여자도 그래. 잘생긴 남자가 사제가 되면 황홀해서 정신을 놓게 되고, 그러면 하느님을 경배할 수 없어. 그러니 공평하게 정신 좀 놓자. 왜 여자만 하느님을 경배할 수 없게 하는 거니?" 하고 농담 같은 진담을 던졌다. 그리고 이야기했다. 반대하려면 객관적으로 수긍이 가게 설명할 수 있어야 한다고, 그리고 논리가 좀 더 정교해야 한다고.

나는 사제직에 부르심을 느낀 적은 없다. 그렇지만 누군가가 부르심을 느낀다면, 그 사람이 그 부르심대로 살 수 있으면 좋겠다. 내가 수도 성소를 통해 누군가를 알아 가고 하느님을 배워 가는 것처럼, 누군가는 자신의 성과 상관없이 사제직을 통해 자신을 알고 하느님과 더 깊은 친교를 누리면 좋겠다. 누군가가 성별 때문에 자신의 성소를 포기해야 한다는 생각을 하면 나는 우울해진다.

그리고 또 이 코로나 시대에 엉뚱한 상상을 해 본다. 우리에게 낯선 것, 그래서 불편한 것을 한번 찬찬히 바라보면 어떨까 하고. 오늘 읽은 열왕기상 19장은, 하느님은 바람 가운데 계시지 않았고 지진과 불길 가운데도 계시지 않았으며, 이 모든 것이 지나간 뒤에 부드러운 소리가 들려왔다고 이야기한다. '이 사람은 틀렸기 때문에 우리에게 속하지 않는다' 하는 그런 날 선 소리 말고, '우리는 다르구나. 그래도 괜찮아' 같은 부드러운 소리로 이야기하고 싶다. 감기가 내가 만든 규칙과 일로 지친 나를 풀어 주었듯이, 코로나 시대의 소란한

한낮의 소란이 물러간 저녁 시간의 루이빌 거리.
부드러운 소리로 다가오시는 하느님을 느낄 수 있을 거라는 기대 속에서 걸어 본다.

역동 속에서 부드러운 하느님의 소리가 세상 한가운데 들리기를 희망하는 나는 너무 현실성 없는 몽상가인 걸까? 그래도 나는 꿈을 놓지 않는다. 꿈꾸는 일은 인간의 권리니까.

2020. 8